나는 상처를 사랑했네

일러두기

- 실천시선 1~199호 중 개인 시집을 수록 대상으로 하되 장시집과 서사 시집은 제외했다.
- 각 부는 등단 연도 시기로 묶어(1부 1955~1979, 2부 1980~1987, 3부 1988~1997, 4부 1998~2007) 구분했다.
- 작품의 수록 순서는 시인별 등단 연도순이며 같은 해일 경우 가나다순으로 구성했다.
- 한 명의 시인이 다수의 시집을 낸 경우에는 한 편의 작품만 수록했다.

실천시선
200

나는 상처를 사랑했네

최두석 · 박수연 엮음

실천문학사

차례

2부 슬픔만 한 거름이 어디 있으랴

4부 종이는 나무의 유전자를 갖고 있다

제1부

가난한 사랑 노래

신록에 접을 붙여

박 재 삼

사랑은 어려운 슬픔을 넘어
서툰 기쁨을 두른 채
연초록으로 남몰래 오고 있네.

처음에는 아주 여리게,
다음에는 그냥 여리게,
그것이 차츰 강도(强度)를 더해가
쟁쟁쟁 천지의 비밀을 캘 듯이
희한한 소리를 곁들인 채
이제는 진초록빛 쪽을 향해
부지런히 가고 있는 것이 역력히 역력히 들리네.

해마다 겪는 이 경치를
내 가슴에 뿌듯이 안으면서
한편으로 멍하게 물고기를 놓친 듯한
소년으로 돌아오는,
이 신선디신선한 허망함이여.

가난한 사랑노래
—이웃의 한 젊은이를 위하여

신 경 림

가난하다고 해서 외로움을 모르겠는가
너와 헤어져 돌아오는
눈 쌓인 골목길에 새파랗게 달빛이 쏟아지는데.
가난하다고 해서 두려움이 없겠는가
두 점을 치는 소리
방범대원의 호각소리 메밀묵 사려 소리에
눈을 뜨면 멀리 육중한 기계 굴러가는 소리.
가난하다고 해서 그리움을 버렸겠는가
어머님 보고 싶소 수없이 뇌어보지만
집 뒤 감나무에 까치밥으로 하나 남았을
새빨간 감 바람소리도 그려보지만.
가난하다고 해서 사랑을 모르겠는가
내 볼에 와 닿던 네 입술의 뜨거움
사랑한다고 사랑한다고 속삭이던 네 숨결
돌아서는 내 등 뒤에 터지던 네 울음.
가난하다고 해서 왜 모르겠는가
가난하기 때문에 이것들을

이 모든 것들을 버려야 한다는 것을.

무릎 걷어올리고

고 은

겉늙은이야 가자 겨우 마흔 살에 에헴 하면 암이나 걸
린다
  가자 진수렁길 무릎 걷어올리고 마른 길은 맨발로 가자
  가자 쉰 살 예순 살에 에헴 하면
  그 수작이 곧 네 상여 나가는 어허 달구 아니냐
  소위 조선 주자노선 그것이
  우리를 앉아 있게만 했다
  에헴 에헴
  앉은 자 앞에서 엎드리게만 했다
  보아라 이 따위 에헴에헴이 판친다
  이것이 망쳤다
  이것이 망쳤다
  이 시퍼런 목숨 더운 목숨으로 섬기기만 했다
  가자 모든 책 찢어버리고 가자
  그동안 거짓과 권위와 책은 하나였다
  가자 우리에게 갈 길 수천만 갈래가 있다
  그냥 이대로 앉아 다리 꼬고 늙어빠질 수 없다

오 평등 오 자유 거리에 있다 숨은 골목에 있다
우리가 가는 곳마다 그것이 태어난다
가자 여든 살 지팡이 짚고 가자
닐리리 어린아이가 되어 가자
청년이자 꿈의 당원으로 한 패거리로 가자

가수

내가 젊었을 때 나는
저 넓은 광장에서 노래하는
가수가 되고 싶었다.
골방에 불을 켜고 詩를 쓰는
외길목의 시인이 아니라,
수많은 젊은이들이 손잡고 걸어 다니는
확 트인 행길 옆 가로등 밑에서
손풍금을 울리며 서정가를 부르는
가난하지만 아름다운 가수가 되고 싶었다.
난생처음 찾아간 낯선 도시
뱃고동 소리 울리는 항구의 선술집에서,
하루의 고된 노동을 마치고 돌아가는
작업복 차림의 건강한 남녀들이
입술을 포개며 미래를 약속하는
분수대 옆 의자에 앉아서 눈을 감고
옛 시인의 노래를 읊어주는
가수이고 싶었다. 비록 나는

그런 사랑 한번 누리지 못하고
외로운 별 아래 태어난 이름 없는
노래쟁이일지라도……

낚시질

문 병 란

낚싯바늘 끝에 미끼를 매달아
호수에 던진다.
밑밥을 알맞게 뿌린다.
우르르 몰려드는 눈먼 고기 떼
찌가 움직인다.
줄이 팽팽히 긴장한다.
낚시 끝에 매달려 오르는
눈먼 고기들이 파닥거린다.
잉어인가 숭어인가 가물치인가
교활한 낚시꾼의 눈이 빛난다.
향긋한 미끼의 비린내에 반하여
목숨을 거는 필사의 도전
마침내 고기는 낚시에 걸리고
도마 위에 올라가 파닥이는 것이다.
언제부턴가 미끼 앞에서
우리는 유혹당하며 서 있었다.
도처에 뿌려지는 밑밥과 미끼에

나날이 소동은 계속되고
낚이는 자와 낚는 자의 싸움
불쌍한 송사리 떼들은 파닥거린다.
큰 고기 작은 고기 못난 미꾸라지
낚시꾼은 유유히 웃고 있다.
회심의 미소를 떠고 앉아
넌지시 쩌를 지켜보는 눈
손가락 끝을 넌지시 가늠하며
스릴을 맛보는 이 앙큼한 놈아!
아차차, 또 하나의 고기가
창자까지 바늘에 꼬였나 보다.

우리가 물이 되어

우리가 물이 되어 만난다면
가문 어느 집에선들 좋아하지 않으랴.
우리가 키 큰 나무와 함께 서서
우르르 우르르 비 오는 소리로 흐른다면.

흐르고 흘러서 저물녘엔
저 혼자 깊어지는 강물에 누워
죽은 나무뿌리를 적시기도 한다면.
아아, 아직 처녀인
부끄러운 바다에 닿는다면.

그러나 지금 우리는
불로 만나려 한다.
벌써 숯이 된 뼈 하나가
세상에 불타는 것들을 쓰다듬고 있나니

만 리 밖에서 기다리는 그대여

저 불 지난 뒤에
흐르는 물로 만나자.
푸시시 푸시시 불 꺼지는 소리로 말하면서
올 때는 인적 그친
넓고 깨끗한 하늘로 오라.

대청에 누워

박 정 만

나 이 세상에 있을 땐 한 간 방 없어서 서러웠으나
이제 저세상의 구중궁궐 대청에 누워
청모시 적삼으로 한 낮잠을 뻐드러져서
산뻐꾸기 울음도 큰대 자로 들을 참이네.

어차피 한참이면 오시는 세상
그곳 대청마루 화문석도 찬물로 씻고
언뜻언뜻 보이는 죽순도 따다 놓을 터이니
딸기잎 사이로 빨간 노을이 질 때
그냥 빈손으로 방문하시게.

우리들 생은 다 정답고 아름다웠지.
어깨동무 들판 길에 소나기 오고
꼴망태 지고 가던 저녁나절 그리운 마음,
어찌 이승의 무지개로 다할 것인가.

신발 부서져서 낡고 험해도

한 산 떼밀고 올라가는 겨울 눈도 있었고
마늘밭에 북새 더미 있는 한철은
뒤엄 속의 김 하나로 맘을 달랬지.

이것이 다 내 생의 밑거름되어
저세상의 육간대청 툇마루까지 이어져 있네.
우리 나날의 저문 일로 다시 만날 때
기필코 서러운 손으로는 만나지 말고
마음속 꽃그늘로 다시 만나세.

어차피 저세상의 봄날은 우리들 세상.

아아 光州여! 우리나라의 十字架여!

김 준 태

아아, 光州여 무등산이여
죽음과 죽음 사이에
피눈물을 흘리는
우리들의 영원한 靑春의 都市여

우리들의 아버지는 어디로 갔나
우리들의 어머니는 어디서 쓰러졌나
우리들의 아들은
어디에서 죽어 어디에 파묻혔나
우리들의 귀여운 딸은
또 어디에서 입을 벌린 채 누워 있나
우리들의 혼백은 또 어디에서
찢어져 산산이 조각나버렸나

하느님도 새 떼들도
떠나가버린 光州여
그러나 사람다운 사람들만이

아침저녁으로 살아남아
쓰러지고, 엎어지고, 다시 일어서는
우리들의 피투성이 도시여
죽음으로써 죽음을 물리치고
죽음으로써 삶을 찾으려 했던
아아 통곡뿐인 南道의
불사조여 불사조여 不死鳥여

해와 달이 곤두박질치고
이 시대의 모든 산맥들이
엉터리로 우뚝 솟아 있을 때
그러나 그 누구도 찢을 수 없고
빼앗을 수 없는
아아, 자유의 깃발이여
살과 뼈로 응어리진 깃발이여.

아아, 우리들의 都市

우리들의 노래와 꿈과 사랑이
때로는 파도처럼 밀리고
때로는 무덤을 뒤집어 쓸지언정
아아, 光州여 光州여
이 나라의 十字架를 짊어지고
무등산을 넘어
골고다 언덕을 넘어가는
아아, 온몸에 상처뿐인
죽음뿐인 하느님의 아들이여

정말 우리는 죽어버렸나
더 이상 이 나라를 사랑할 수 없이
더 이상 우리들의 아이들을
사랑할 수 없이 죽어버렸나
정말 우리들은 아주 죽어버렸나

충장로에서 금남로에서

화정동에서 산수동에서 용봉동에서
지원동에서 양동에서 계림동에서
그리고 그리고 그리고……
아아, 우리들의 피와 살덩이를
삼키고 불어오는 바람이여
속절없는 세월의 흐름이여

아아, 살아남은 사람들은
모두가 罪人처럼 고개를 숙이고 있구나
살아남은 사람들은 모두가
넋을 잃고 밥그릇조차 대하기
어렵구나 무섭구나
무서워 어쩌지도 못하는구나

(여보 당신을 기다리다가
문밖에 나가 당신을 기다리다가
나는 죽었어요……

왜 나의 목숨을 빼앗아 갔을까요.
아니 당신의 全部를 빼앗아 갔을까요.
셋방살이 신세였지만
얼마나 우린 행복했어요
난 당신에게 잘해주고 싶었어요
아아, 여보!
그런데 나는 아이를 밴 몸으로
이렇게 죽은 거예요 여보!
미안해요, 여보!
나에게서 나의 목숨을 빼앗아 가고
나는 또 당신의 全部를
당신의 젊음 당신의 사랑
당신의 아들 당신의
아아, 여보! 내가 결국
당신을 죽인 것인가요?)

아아, 光州여 무등산이여

죽음과 죽음을 뚫고 나가
白衣의 옷자락을 펄럭이는
우리들의 영원한 靑春의 都市여
불사조여 불사조여 불사조여
이 나라의 十字架를 짊어지고
골고다 언덕을 다시 넘어오는
이 나라의 하느님 아들이여

예수는 한 번 죽고
한 번 부활하여
오늘까지 아니 언제까지 산다던가
그러나 우리들은 몇백 번을 죽고도
몇백 번을 부활할 우리들의 참사랑이여
우리들의 빛이여, 영광이여, 아픔이여
지금 우리들은 더욱 살아나는구나
지금 우리들은 더욱 튼튼하구나
지금 우리들은 더욱

아아, 지금 우리들은
어깨와 어깨 뼈와 뼈를 맞대고
이 나라의 무등산을 오르는구나
아아. 미치도록 푸르른 하늘을 올라
해와 달을 입 맞추는구나

光州여 무등산이여
아아, 우리들의 영원한 깃발이여
꿈이여 十字架여
세월이 흐르면 흐를수록
더욱 젊어져갈 靑春의 도시여
지금 우리들은 확실히
굳게 뭉쳐 있다 확실히
굳게 손잡고 일어선다.

무화과

김 지 하

돌담 기대 친구 손 붙들고
토한 뒤 눈물 닦고 코 풀고 나서
우러른 잿빛 하늘
무화과 한 그루가 그마저 가려 섰다

이봐
내겐 꽃시절이 없었어
꽃 없이 바로 열매 맺는 게
그게 무화과 아닌가
어떤가
친구는 손 뽑아 등 다스려주며
이것 봐
열매 속에서 속꽃 피는 게
그게 무화과 아닌가
어떤가

일어나 둘이서 검은 개굴창가 따라

비틀거리며 걷는다
검은 도둑괭이 하나가 날쌔게
개굴창을 가로지른다.

냇가물댁

　냇가에서 시집왔다 하여 냇가물댁이라 불리는, 키가 훌쩍 커 어렸을 적 헤엄도 잘 쳤을 그 여인네는 큰샘 안집에 살았다. 남정네처럼 기운도 넘쳐 쇠고삐 틀어쥔 채 이랴 저랴 밭갈이도 잘했고 무엇보다도 삼농사를 잘했다. 드억센 손에 낫을 들고 키보다 높은 삼대들을 쓰러뜨려 냇가에 묻은 삼구덕에 집어넣고 불을 지피면 하얀 제릅대들이 쏙쏙 뽑혀 나왔다. 그것들을 서로 얻으려고 아이들이 모여들면 냇가물댁은 홑적삼 입은 채로 첨버덩 냇물 속에 뛰어들어 한 양푼 가득 새까만 고동을 잡아 대신 그것을 삼불에 삶아 주었다.

　여순사건과 6·25는 그 여인의 일생을 송두리째 뒤집어놓았다. 늙은 남편은 어디로 피해 무사했지만 세 아들이 모두 전장에 나가 이쪽에서도 저쪽에서도 돌아오지 않았다. 냇가물댁은 앞가슴을 닫고 산처럼 돌아누워버렸다. 이무럽던 친구들이 삼 소쿠리를 들고 찾아와 "어이 동무, 그러지를 말고 삼이나 삼세" 해도 대답이 없었다.

35

이듬해 봄 아직 해토도 하기 전 소나무처럼 말라 비틀어진 그녀의 시신이 들것에 실려 나왔다.

靑山이 소리쳐 부르거든

양 성 우

청산이 소리쳐 부르거든
나 이미 떠났다고 대답하라.
기나긴 죽음의 시절,
꿈도 없이 누웠다가
이 새벽 안개 속에
떠났다고 대답하라.
청산이 소리쳐 부르거든
나 이미 떠났다고 대답하라.
흙먼지 재를 쓰고
머리 풀고 땅을 치며
나 이미 큰 강 건너
떠났다고 대답하라.

섬

이 선 관

눈물이 굳어 돌이 되었는가
왜 이렇게 이 섬엔 돌들이 많지
우리에게 이상한 섬 하나 있어
그 섬이 무너지던 오십 년 전이지
섬 전체가 사형장이요 학살과 살육의
현장이 되기도 했던 그 섬
그곳에는 백조일손지묘라는 묘비가
섬보다 더 크게 더 높게 세워져 있지
한문으로 쓰여진 묘비를 한글로 풀이하면
할아버지 백 명에 손자는 한 사람이라네
허기사 내 조국 이 땅
어느 산 어느 강 어느 산골 어느 들판
피맺힌 한의 이야기가 없는 곳이 있으랴마는
설문대 할망의 신비로운 설화가 담긴 한라가
민족의 영산 중의 하나인 양 섬 심장부
턱 버티고 앉아 있는 이상한 섬 하나 있어
그곳에는 와흘굴 낙선동 성터 성산

터진목 합장묘 성읍 북촌리 북촌초등학교
담벼락 밑 옴팡밭 그리고 다랑쉬오름
그 어느 곳 하나 빠뜨리지 않고 밟아보는데
억새로 가려진 무덤 위로 한 맺힌 바람이 부네
아 그 바람의 덫이여 해방이여

무엇이 별이 되나요

김 창 완

마른 수수깡 사이로
콩잎 태우는 연기 사라지고
산그늘 늘어나 앞 강 덮을 때
아이 부르는 젊은 엄마 목소리
들판 건너 하늘에서 별이 되도다

그 아이 자라 수수깡보다
목 하나는 더 솟아올라
부르는 노래 별이 되도다

잘 닦인 놋주발 같은 달이 떠서
기와 가루로 문질러 닦은 놋주발 같은
달이 떠서 슬픔의 끝 쪽으로 기울더니
노래는 가서 가서 돌아오지 않고
별만 살 속에 아프게 박혀

시멘트 벽 짓찧는 저 사내 이마에

돋아나는 아픔은 별이 되도다
눈물은 눈물 머금은 별이 되도다
아름다운 이름들은 별이 되도다

꽃소식

문 익 환

금년 봄에도
자두꽃은 연분홍 고운 빛깔로
화사하게 피었다 지고
꽃 속의 은밀한 사랑은
이제 둥글둥글 익어가건만
이 땅의 아들딸들 눈엔
꽃소식만 스쳤을 뿐이라네
꽃소식만 스쳤을 뿐이라네

그렇다고 주저앉을 건 없다.
비록 눈엔 꽃소식만 스쳤어도
아프게 아프게 꽃소식만 스쳤어도
울고 싶도록 가슴엔 사랑이 치밀어
눈감을 수 없는 희망으로
솟는 눈물
어두운 하늘에 별빛으로 뿌린다네
어두운 하늘에 별빛으로 뿌린다네

전의면

안 수 환

논머리 푸른 벼와 놀던 막별은
고추밭 붉은 고추 다 따고
김장 무우밭에 들어가서
버마재비 등때기에 오줌 누었다
농사지어 소득 없지만
들깨 심어 전의면 지키며
고구마 덩굴에 유천리 매놓았다
말하건대 40년 4천 년을 매놓았다
이 전의면이 모여 나라건대
명산대천 아니라고 달밤이 그냥 가는가
말하건대 전의면이여
전의면 또 무슨 면이라도 더욱 유족하라

박달재를 넘으며

이 동 순

박달재를 넘으며 생각한다
얼마나 많은 고개들을 넘어야 하는지
사람의 한 생의 구간을 걸어가며
넘어야 할 표지판도 없는 언덕들의 높고 낮음을
함께 넘어가는 사람들의 숨 가쁜 땀방울들을
생각한다 위기에 빠졌던 나날들과
나에게 다가온 아픔을 더욱 사랑했어야
사람이 될 수 있었던 지나간 시절의 안타까움
'앞으로' '앞으로는' 하고 수이 말하지만
드디어 사람으로 가는 길을 갈 수 있을 것인지
장담하지 못할 일이다 충주에서 제천 사이
박달재의 수많은 굽잇길 산모롱이를 돌아가며
사람이 사람답게 살아가는 세상의 일이
얼마나 어려운 노동인가를 깨닫는다
먼 산자락 바라보다 깨금발 헛딛고
굴러 가시 숲에 떨어지며 생각한다
사람으로 가는 길이 곧 가시 숲임을

사랑과 슬픔으로 더욱 큰 힘의 하나가 되는
우리들 사람의 거듭남을 생각한다
모든 시달리는 사람끼리 앞서거니 뒤서거니
머언 고개 끝동이 주막집을 바라보며
새로 힘내어 넘어가는 박달재를 생각한다

학살 1

김 남 주

오월 어느 날이었다
1980년 오월 어느 날이었다
광주 1980년 오월 어느 날 밤이었다

밤 12시 나는 보았다
경찰이 전투경찰로 교체되는 것을
밤 12시 나는 보았다
전투경찰이 군인으로 교체되는 것을
밤 12시 나는 보았다
미국 민간인들이 도시를 빠져나가는 것을
밤 12시 나는 보았다
도시로 들어오는 모든 차량들이 차단되는 것을

아 얼마나 음산한 밤 12시였던가
아 얼마나 계획적인 밤 12시였던가

오월 어느 날이었다

1980년 오월 어느 날이었다
광주 1980년 오월 어느 날 밤이었다

밤 12시 나는 보았다
총검으로 무장한 일단의 군인들을
밤 12시 나는 보았다
야만족의 침략과도 같은 일단의 군인들을
밤 12시 나는 보았다
야만족의 약탈과도 같은 일단의 군인들을
밤 12시 나는 보았다
악마의 화신과도 같은 일단의 군인들을

아 얼마나 무서운 밤 12시였던가
아 얼마나 노골적인 밤 12시였던가

오월 어느 날이었다
1980년 오월 어느 날이었다

광주 1980년 오월 어느 날 밤이었다

밤 12시
도시는 벌집처럼 쑤셔놓은 붉은 심장이었다
밤 12시
거리는 용암처럼 흐르는 피의 강이었다
밤 12시
바람은 살해된 처녀의 피 묻은 머리카락을 날리고
밤 12시
밤은 총알처럼 튀어나온 아이의 눈동자를 파먹고
밤 12시
학살자들은 끊임없이 어디론가 시체의 산을 옮기고 있
었다

아 얼마나 끔찍한 밤 12시였던가
아 얼마나 조직적인 학살의 밤 12시였던가

오월 어느 날이었다
1980년 오월 어느 날이었다
광주 1980년 오월 어느 날 밤이었다

밤 12시
하늘은 핏빛의 붉은 천이었다
밤 12시
거리는 한 집 건너 떨지 않는 집이 없었다
밤 12시
무등산은 그 옷자락을 말아 올려 얼굴을 가려버렸고
밤 12시
영산강은 그 호흡을 멈추고 숨을 거둬버렸다

아 게르니카의 학살도 이렇게는 처참하지 않았으리
아 악마의 음모도 이렇게는 치밀하지 못했으리.

봄을 기다리는 편지

우리의 가슴은 잘 울리는 현악기와 같습니다. 쓸쓸한 편지에 실려 온 그대 가슴의 슬픈 음악은 내 가슴의 현을 떨게 합니다. 그대가 퉁겨놓은 낮은 음의 음계를 따라 그대 전생의 상처까지 다 보는 듯합니다.

그러나, 이것은 또한 얼마나 쓸쓸한 조율인지요. 우리는 아마도 기나긴 빙하기를 살아남은 어느 인류의 조상인 듯싶습니다. 얼음 동굴과 매운 바람과 고통에 조율된 우리 가슴의 현들은 슬픔에 너무도 예민하게 울립니다. 아픔과 고통의 표정 그대로 얼음 속에 파묻은 벗들의 기억으로 우리의 가슴은 가득 찬 듯합니다.

창밖에 바람이 맵고 갈라지는 빙하의 소리 쩌르릉 울려가는 캄캄한 이 밤에 나는 두 귀를 갖고 싶습니다. 빙하의 밑으로 콸콸거리며 녹아 흐르는 봄물의 소리를, 듣고 싶습니다. 이 밤에 나는 광란하는 가슴의 현을 갖고 싶습니다. 들판으로 쏟아지는 봄볕의 쟁쟁한 소리를 움트는 새싹들의 생명을, 아, 들판을 뛰노는 바람의 미친 듯한 머릿결을 소리 내고 싶습니다.

쓸쓸한 편지에 실려 온 그대 가슴의 슬픈 음악은 내 가슴의 현을 떨게 합니다. 우리 가슴의 슬픈 소리는 이 밤에 어두운 공중으로 솟아 소리를 부르고 소리는 소리를 만나 껴안고 합쳐 이 골물 저 골물로 콸콸거리며 갈라지는 빙하의 밑바닥을 흘러갑니다.

우리의 가슴은 광란하는 현악기와 같습니다. 우리 가슴의 현은 아, 들판을 뛰노는 바람의 미친 듯한 머릿결을 숨쉬고 있습니다.

골방에서

박 운 식

내가 자는 골방에는 볍씨도 있고
고구마 들깨 고추 팥 콩 녹두 등이
방구석에 어지러이 쌓여 있다
어떤 것은 가마니에 독에 있는 것도 있고
조롱박에 넣어서 매달아놓은 것도 있다
저녁에 눈을 감고 누우면
그들의 숨소리가 들리고
그들의 말소리가 방 안 가득 떠돌아다니고
그들이 꿈꾸는 꿈의 빛깔들도 어른거리고 있다
나는 그런 씨앗들의 거짓 없는 속삭임들이 좋아서
꿈의 빛깔들이 너무 좋아서
씨앗들이 있는 침침한 골방에서
같이 잠도 자고 같이 꿈도 꾸고 하면서
또 다른 만남의 기쁨을 기다리고 있지요.

편지

송 기 원

어머니.

긴 밤이 끝나고 새벽이 오려 하고 있습니다. 쇠창살 너머로 새벽별이 스러지고 이제 막 동이 트는 능선마다 달려오는 사람들을 보세요. 내일을 살기 위하여 오늘을 죽는 새벽의 사람들을 보세요. 이슬에 젖은 발자욱 소리가 지금 산야를 울립니다.

어머니.

이름 없는 산야의 이름 없는 무덤들 사이에서 아직은 잠들지 마세요. 시들은 잡초들 무성한 무덤 너머로 새벽별이 스러지고 이제 막 동이 트는 능선마다 달려오는 눈부신 새벽의 사람들을 위하여 아직은 잠들지 마세요. 그토록 긴 밤을 떠돌던 많은 넋들과 함께 아직은 잠들지 마세요.

야훼님 전상서

고 정 희

야훼님

한 사나이가 집으로 돌아왔습니다 오랜 추위와 각고를
끝낸 사나이가 집으로 돌아왔습니다 아주 멀리 떠난 줄
알았던 그, 이제는 다시 되돌아올 수 없는 곳으로 가버린
줄 알았던 그 사나이는 누더기 옷을 걸치고 섬광 같은 눈
빛을 간직한 채 그의 기원을 묻어둔 집으로 돌아왔습니다

그가 돌아왔을 때 영원히 닫긴 줄 알았던 우리들 기도
의 문이 열리는 소리를 들었습니다 그가 돌아왔을 때 영
원히 끝난 줄 알았던 자유의 휘파람소리가 들판을 가로
질러 가는 것을 보았습니다 그가 돌아왔을 때 우리들 기
다림이 불기둥으로 일어서는 것을 보았습니다

그러나 야훼님

그가 돌아온 마을과 지붕은 아직 어둡습니다

그가 돌아온 교회당과 십자가는 더더욱 고독합니다

그가 돌아온 들판과 전답은 이 무지막지한 어둠과 음모
속에 누워 있습니다

우리가 저 대지의 주인일 수 있을 때까지

재림하지 마소서*

그리고 용서하소서

신도보다 잘사는 목회자를 용서하시고

사회보다 잘사는 교회를 용서하시고

제자보다 잘사는 학자를 용서하시고

독자보다 배부른 시인을 용서하시고

백성보다 살져 있는 지배자를 용서하소서

---

* 김광규의 「연도」에서 전용.

그곳 지명

하 종 오

중국 농촌에서 가난하게 살아온 첸샤우웬 노인,
한국 농촌에 축산 노동자로 취업해 간다는 손자에게
그곳 지명을 물었다
손자 나이쯤이었을 때 한국전쟁에 참전하였다가
겨우 목숨 부지한 첸샤우웬 노인,
누굴 위해 싸웠느냐고 묻는다면
무얼 얻으려고 싸웠느냐고 묻는다면
여태까지 물어본 중국인도 없지만
대답할 말이 없는 첸샤우웬 노인,
그때 자신에게 우군이었던 북조선이 아니라
적군이었던 한국으로 손자가 돈 벌러 간다는 말에
한국에는 미안해지기도 하고
북조선에는 씁쓸해지기도 하는 첸샤우웬 노인,
자신에게는 전쟁해야 할 상대가 없었고
자신을 상대로 전쟁하려 한 적(敵)도 없었으므로
국가가 내린 명령을 배신했어도
한 인간으로는 부끄러울 게 없었겠지만

젊은 나이에 피할 수 있는 명령이 아니었다고
나이 들어서야 생각해보는 첸샤우웬 노인,
중국 농촌에서 가난하게 죽어갈 첸샤우웬 노인,
한국 농촌에 축산 노동자로 취업해 간다는 손자에게
재차 그곳 지명을 물었다
자신이 쏘아댔던 총소리가 묻혀 있을지도 모르는
그곳에서 돈 벌어 몸성히 돌아오기를 빌면서

雪夜

김 명 수

눈 내리는 깊은 밤
억만 마리
개구리 울음소리 들어라!

스필버그와 함께

박 몽 구

목 좋은 물길을 지키는 말미잘일까
한번 네 손에 들어가기만 하면
아무리 하찮은 것일지라도
꿀 같은 재미의 덩어리로 탈바꿈하고 마니
눈 번쩍 뜨이고 그저 놀라울 뿐이다
종점이 안 보이는 아귀다툼뿐인 우리들의 세상도
네 머릿속에 들어가기만 하면
황색의 건달들이며 검은 야만을
숨소리 한번 안 나도록
희디흰 주먹으로 말끔히 해치운다는 것은
콩나물 시루같이 답답한 지구 마을을 훌쩍 벗어나
밑 빠진 독같이 한없이 뻗은 외계로
우리들의 상상을 뻗는다는 것은
얼마나 각별하게 신 나는 일인가
두 시간 남짓 너를 만나고 있자면
콩나물이 농약으로 싱싱하게 자란다는 사실이며
부숴질 듯 노곤한 밤에 비해

핏기 잃은 얼굴같이 얄팍한 월급봉투며
선거 때 무더기로 도둑맞은 표 따위는
먼 나라의 일쯤으로 까맣게 잊는다
키 작은 밥그릇으로 야윈 몸에도 날개가 돋아
높은 담장도 무섭지 않게 뛰어넘어
아프리카의 독거미쯤은 사단 병력으로 밀려와도
인디아나 존스의 손가락 하나로 간단히 해치우는
통쾌함에 어찌 박수를 아낄 수 있으랴
너를 만나고 나오는 길은
깜깜한 밤길도 대낮인 듯 환하였다
그리고 감동을 삭이며 자몽을 베어 물던
그날 밤 저녁 뉴스에는
미국이 우리나라에 미사일과 함께 팔아먹은 자몽에
농약이 쑥고개 여자의 눈화장처럼 발려 있어
제 나라에서는 돼지에게도 주지 않는다는 말이
먼 귀엣말로 들려왔다
입 속의 달디단 과육을 뱉을 수 없었다

황토마당의 집

겨우 몇 해의 산골 학교 선생을 끝내고
황토마당이 있는 집으로 내려왔다 읍내에서
멀지 않은 우리 집 골목 끝으로 빤히 보이는
초등학교는 이따금 풍금 소리를 풀어놓았고
까만 저고리의 젊은 여선생이 슬리퍼를 끌면서
지나가는 골마루도 있었다 스물다섯 내겐
독한 그리움이었다

토담 곁 황토색 화단, 시든 작은 풀꽃은
절망이었다 엷은 흙벽 하나로 뒷간과 붙은
골방에 낮 내 엎디어 채광창(採光窓)으로 기어드는
여린 햇살로 글씨를 썼다 신문지 덕지덕지
덧칠한 습기 찬 벽에다 산골에 두고 온
내 아이들의 이름을 멀리 달아나고 싶었던
처절한 역마살의 꿈도

결국 집을 떠났다 대둔산

온통 가시나무로 둘러싸인 작은 바위 위
오랜 직장 빚잔치 끝의 아버지 희망이었을
황토마당 집이 남의 손에 넘겨진 소식 듣던 날
진종을 쪼그리고 앉아 울었다
부질없는 피곤을 힘겹게 끌고 들어선 저녁답
그렁그렁 쉰 목소리의 아버지 생각
그때 울음 위, 가시나무 이파리 위
바위 까만 이끼 위로 저문 산자락을 감싸며
내려앉던 풍금 소리

그리곤 다시 선생이 되었다
절망도 그리움일까 두 딸애들의 소리와
아내의 볼멘 잔소리와 쉰 나이의 짜증이
범벅이 된 도회 아파트의 일요일
늙은 아버지의 한숨까지 생생히 들리던
스물다섯 살 황토마당 낡은 초가 골방의
눈물겨운 한낮의 적막과 시든 토담 곁 작은 풀꽃

검은 저고리 여선생 하얀 손이 자꾸 쳐댔을
더욱 가깝던 풍금 소리를
끝내 산속 작은 황토집으로
오래 쉬러 가신 불쌍한 내 아버지.

십자못과 십자드라이버의 노래

—고등식물과 함께

고 형 렬

새 각목에 탕, 탕 못을 치던 날엔
온 나무 속의 나이테가 마음에 새 물결을 쳤다
십자못 대가리에 십자드라이버의 입술을 물려 돌린다
뿌지직, 아픈 소리를 내며 나무는 찢어진다
십자못의 나사산만큼 독존(獨存)을 허락하고
끙, 나를 받아들인다
나는 신음하고 나사못은 이 목질 속으로 파고들고
들어가는 십자못은 들어온다, 그 어느 날까지
너와 나의 살과 뼈가 하나로 붙어 있기 위하여
손아귀에 힘을 준다, 조금 더 세게 밀어 넣는다, 한 번
더 돌린다, 십자못은 나의 뼈 속까지 들어가 멈춘다
그 끝에 내가 있다
이렇게 불완전한 시행은 완성된다
불완전한 삶은 나무와 못으로 결속되고, 오늘도 나는
나갈 수도 돌아갈 수도 없는 십자못의 중심에서
남의 것이 아닌 내 절망의 십자못을 물고 있다
뿌지직, 먼 하늘의 눈이 내려앉는다

제2부

슬픔만 한 거름이 어디 있으랴

예수의 발

김 정 환

나르드와 머리카락과 마리아의 여성됨의
가장 소중한
달아오른 얼굴로, 떨리는 손끝으로
오 예수
성스러운 그대 발꾸락
여성됨의 가장 부끄런
(그러나 당신은 만지면 앗—뜨건
닿으면 불 같은, 그런 살이었으므로)
마리아는 그녀의 가장 깨끗한
(그리고 가장 부끄런)
머릿결로 당신의 발바닥을
지금도 씻겨 드린다
씻겨 드린다. 발가락 사이의 손가락
그러나 그것은
성스러움이 가장 생생하고
싱싱한 때.
가장 생생한 거리와 냄새로

가장 귀한 것이
가장 가까운 것으로
가슴에 울려 퍼지는 때.
얼굴이 달아오르고 가슴이 방망이질 치고
가장 성스럽기 위하여
가장 인간스러운 것을
당신이 보여주신 때.

재종형님

홍 일 선

우리네 촌수로 재종간이면 육촌 사이다
아주 가까운 형제인데도
나는 그 형님이 싫어졌다
그물도 잘 쳐서 물고기도 잘 잡고
눈이 오면 토끼 사냥도 잘하셔서
재종형이 참으로 좋았었는데
이제 나는 그 형님이 싫다
언제부터인가 우리 동네에 공장이 들어오기 시작했는데
그따위 공해 공장을 못 들어오게 싸우진 못할망정
공장 수위가 됐다니 재종형을 정말 이해할 수 없다
그래도 우리 박씨가 부근에선 양반 소리를 들었는데
헐값에 논밭을 야금야금 사들여
공해 가스나 뿜어대고 노동자 임금이나 착취하는
몹쓸 공장 놈들한테 붙어먹다니
세상이 그만큼 변한 것일까
죽은 붕어 몇 마리 떠 있는 냇가
악취 속에서 문득 재종형님 젊은 시절

그가 힘차게 던지던 그물이 떠오르지만
이제 재종형님은 너무 늙었나
신명이 나서 큰 댓봉을 뛰어오르던
눈발이 성성한 그 싱싱한 겨울이 그리워도
나는 그 형님이 싫다

노랑붓꽃

나 종 영

나는 상처를 사랑했네

작은 풀 이파리만 한 사랑 하나 받고 싶었을까 나는
상처가 되고 싶었네

노란 꽃잎을 어루만지는 손길에
병든 몸이 뜨거워지고,
나는 사랑이 곧 상처임을 알았네

지난봄 한철 햇살 아래 기다림에 몸부림치는
네 모습이 진정 내 모습임을

노랑붓꽃 피어 있는 물가에 서서
내 몸이 가늘게 떨리는 것을

나는 사랑했으므로 이 세상의 모든 것이
내 안에 있음을,

나는 상처를 사랑하면서 알았네

광장에서

박 영 근

〈텅 빈 광장 어스름 속, 시계탑이란 놈 언제 적 어느 어
름인지도 모를 시간을 홀로 가리키고 있다〉

　지금은 눈길 한번 받지 못하는 채로
　멈추어 서서
　발 아래 광고 쪼가리나 밟고 있는 시계탑 아래
　나는 무엇을 기다리고 있는가
　초침엔 듯 실려 파들 떨고 있는
　살아갈 날들 간신히 바라보면
　거기
　칼끝인 듯 불쑥 외침을 베고 가는 바람
　아아, 마음속 한나절 불꽃도
　이제는 견디지 못하고
　나무 그림자에나 헛되이 눕히는 그리움 한줄기

어둠 속으로 떠오르는 가로등
흐린 눈동자들 앞을 서성대다

문득
헐벗은 나뭇가지 사이 빈 까치 둥우리 바라보는데
눈물 속으로
찌르듯 웬 새 울음소리 이명(耳鳴)으로 떨어진다

구기자술

배 창 환

쪼맨할 땐 그게 그건지 잘 몰랐습니다
참말입니다
고 바알간 놈이
대처로 살길 찾아 떠난 순철이네 빈 집
무너진 돌담 돌아가던 것이
내 서른 고개 넘어서야 우리 아파트
녹슨 철창 타고 건너와 구시렁구시렁 쏟아지며
아버지 제삿날만 되면
뼈마디 자근자근 밝혀드는 구기자일 줄이야

고놈 똑똑 따다가
대추까지 섞어서
쐬주 쏟아부으면 기막힙니다
쫄깃쫄깃 은근슬쩍 입안에 착 달라붙는 것이
요거야말로 피 같은 술맛 아닐는지요
돌아가신 아버지 대문 차고 먼저 와
다 잡숫고 취하신 줄도 모르고

어머닌 자꾸만 네 아버지 몰래 먹어두라며
퍼주고 또 퍼주고 하시지만요

이 세상은

정 규 화

추억이라면

많았던 어려움도 저마다 흐뭇한데

다시 추억을 만드는 오늘,

산다는 게 고단하구나

눈망울 티 없이 맑은 죄로

남녀노소는 쉽게 알아보지만

넘볼 수 없는 마음

다들 거울 같을까

거울을 통하여 남을 안다는 것은

또한 어렵구나

나의 마음 따로 있을 때

그대들 따로 있었고

말을 트고 술잔을 나누면서도 여전하구나

외로움만은 우리 것임을 알지만

이 세상은 누구의 것임을 모른 채

불혹을 향하여

알게 모르게

떠난 사람, 붙들어 온들
뉘라서 떨어진 꽃잎으로 다시 꽃송이 만들 수 있을까
눈으로 보면
도처에 아는 이인데
외로움으로 몸을 떠는 여기
세 발자국 앞도 캄캄하구나

신호등 쓰러진 길 위에서

김 수 열

지상에 나와 있는 모든 것들을
밤새도록 흔들어놓은 바람이
잠깐 숨 고르고 있을 즈음 나는
바람을 만나러 바람 속으로 간다
바람의 잔해들은
허리 잘린 나무 그 찢겨진 몸통 위에
뿌리째 뽑혀나간 아름드리 가로수 그늘 아래
하얀 이 드러내고
아무렇지도 않게 누워 있다

언제나 그랬던 것처럼
신호 대기선 앞에서 브레이크를 밟고
신호등을 쳐다보는데
있어야 할 그 자리에 신호등이 없다
꼬라박아 자세로 엎드려 아무 말이 없다
문득 길이 없어지고
나는 가야 할 곳을 잃었다

갑자기 나는 아무 데도 없다
길 없이 길을 나설 수 없는 나는
신호등 쓰러진 길 위에서
나아갈 수도 물러설 수도 없다

바람을 만나러 길을 나섰다가
바람 속에서 까마득히 길을 잃었다

광주 2

박선욱

눈부셔라
쓰러진 가로수 위로
쏟아지는 햇살

진압군이 죄어오는
어둠 속에 잦아들던 비명 속에
애끓던 신음소리 속에
형제들은 모두 어디론가 사라져가고

거리마다 화염의 흔적
깨어져 붉은 황토흙을 토해놓은
가두의 화분 위에 쏟아지는
햇살은 눈부셔라

한가닥
목숨이란 이토록 모진 것일까
간밤에 떨어진 꽃잎들

천지에 감도는 매운 향내로
찌르는 듯 고운 빛살로 퍼져
눈부셔라

다시 마주 볼 순 없지만
나직이 불러보는 벗들
핏발이 선 눈동자
총소리를 뚫고 울려 퍼지던
마지막 함성 하나까지 선연히
햇살로 꽂혀 눈부셔라

숯덩이가 되어
수십 대의 자전거 위에서
벌집투성이 은행나무 위에서
우리들 가슴속에서
솟구치는 노래로 터져 나오는
그날은 끝없이 굽이치고

무등산 등허리에
타올라 흩뿌려지는
진달래 철쭉 송이송이들
눈부셔라

비망록

김경미

햇빛에 지친 해바라기가 가는 목을 담장에 기대고 잠시 쉴 즈음. 깨어보니 스물네 살이었다. 神은, 꼭꼭 머리카락까지 조리며 숨어 있어도 끝내 찾아주려 노력하지 않는 거만한 술래여서 늘 재미가 덜했고 타인은 고스란히 이유 없는 눈물 같은 것이었으므로,

스물네 해째 가을은 더듬거리는 말소리로 찾아왔다. 꿈 밖에서는 날마다 누군가 서성이는 것 같아 달려 나가 문 열어보면 아무 일 아닌 듯 코스모스가 어깨에 묻은 이슬 발을 툭툭 털어내며 인사했다. 코스모스 그 가는 허리를 안고 들어와 아이를 낳고 싶었다. 석류 속처럼 붉은 잇몸을 가진 아이.

끝내 아무 일도 없었던 스물네 살엔 좀더 행복해져도 괜찮았으련만. 굵은 입술을 가진 산 두목 같은 사내와 좀더 오래 거짓을 겨루었어도 즐거웠으련만. 이리 많이 남은 행복과 거짓에 이젠 눈발 같은 이를 가진 아이나 웃어 줄는지. 아무 일 아닌 듯.   해도,

절벽엔들 꽃을 못 피우랴. 강물 위인들 걷지 못하랴. 문득 깨어나 스물다섯이면 쓰다 만 편지인들 다시 못 쓰랴. 오래 소식 전하지 못해 죄송했습니다. 실낱처럼 가볍게 살고 싶어서였습니다. 아무것에도 무게 지우지 않도록.

한 송이 붉은 꽃

김 종 인

아이들은 내게
한 송이 붉은 꽃이 되라 하네
내 책상 위 빨간 장미 한 송이
꽃 이파리 떨어져
그네들 포근한 꿈이 되라 하네
꽃다운 젊음 지키는
날카로운 가시가 되라 하네
푸르러 푸르러 무성히 자랄 때까지,

날카로운 가시에 심장이 찔려
흐르는 피로 땅을 적시고
앙상한 몸뚱이 그네들 푸른 희망으로
덮힐 때까지,
스스로 붉은 꽃 자꾸자꾸 피워 올리는
한 그루,
붉은 꽃나무가 되라 하네.

생은 아름다울지라도

윤 재 철

달리는 고속버스 차창으로
곁에 함께 달리는 화물차
뒤칸에 실린 돼지들을 본다
서울 가는 길이 도축장 가는 길일 텐데
달리면서도 기를 쓰고 흘레하려는 놈을 본다

화물차는 이내 뒤처지고
한 치 앞도 안 보이는 저 사랑이
아름다울 수 있을까 생각한다
아름답다면
마지막이라서 아름다울 것인가

문득 유태인들을 무수히 학살한
어느 독일 여자 수용소장이
종전이 된 후 사형을 며칠 앞두고
자신의 몸에서 터져 나오는 생리를 보며
생의 엄연함을 몸서리치게 느꼈다는 수기가 떠올랐다

생은 아름다울지라도
끊임없이 피 흘리는 꽃일 거라고 생각했다.

총알택시 안에서의 명상

  그날 밤 우리는 밤의 천국 속으로 총알택시를 몰았다. 설익은 밤바람이 휘달려와 차창을 때리고 한 여자가 연신 뱃가죽 감싸 쥐며 캐터필러 같은 웃음을 터뜨리자 밤바람 소리는 이내 꼬리를 감추었다.

  일산행 호텔 캘리포니아로 직진하는 그 택시 안 카세트에선 머라이어 캐리의 〈After tonight will you remember how sweet and tenderly〉라는 노래 가사가 상큼하게 울려퍼졌고 내 넋꽃의 삭정이를 가뭇없이 흔들어대고 있었다. 그날 밤 내 마음속 악마가 문득 나에게 속삭였다. 오늘 또 하루, 썰물 같은 그대 인생이 이파리 죄다 떨군 채 겨울 잣나무처럼 당당하게 먼산바라기로 살아 숨쉬고 있음을 참으로 눈물겹게 찬송, 찬송하라고—

  하여, 나는 채석강 단애처럼 고개 빳빳이 추켜세우며 잡탕 같은 내 인생의 끝을 밤 이슥토록 쳐다보았다. 내 몸뚱이 어디서나 네발 달린 짐승의 피가 거칠게 역류하건만 무슨 까닭으로 내 살과 뼈와 피 속에 문문히 박힌 헛된 사랑이라든가 혹은, 기다림에 지쳐 자리 보존치 못하는 한 마리 짐승을 저 들녘길 벼랑에 내다 버리지 못하는가.

아무도 몰래, 지상의 인간들이 전혀 눈치 못 채게 마침내 구원의 찰나를 찾고 있는 가엾은 나의 악마여. 모오든 순수한 것은 순간 속에 머물지 않는다. 의심치 마라. 그리하여 그대가 오늘 웃어도 장자의 말씀처럼 천지를 여인숙 삼아 어디론가 길 떠나는 나그네새가 되어야 함을 그 날 밤 나는, 문득, 총알택시 안에서 깨달았다.

참새와 삼태미

이 재 무

닭장 둘레나 허청 구석
작대기로 세워놓은 삼태미 속에
볍씨 한줌 뿌려놓으면
대숲에서 한낮의 무료
지저귀던 겨울 참새 떼
웅덩이로 고이는 물처럼 스며들었지

죽음을 지척에 두고
주린 배 채우느라 여념 없었지
봉당이나 마루 끝에는
생사 관장하는 소년이,
작대기 허리에 매어져 있는
선고의 줄 끝을 잡고
삼십 리는 짧아진 동지 볕에
게으르게 졸고 있다가
예끼 이놈들

그저 심심풀이로 줄 잡아당겼지
발 빠른 놈들 다 도망가고
운 없는 몇 놈
우리에 갇혀 피 울음을 토했지
그런 날 밤엔
사랑방에 마실꾼들 붐볐고
동치미가 바닥이 났고
밤새 눈이 내렸지

나 오늘 삼태미 속
볍씨에 눈먼 겨울 참새들처럼
반성도 동요도 없이
일상을 사는 것은 아닐까
어디서 날아온 돌멩이 하나
추억의 이마 툭, 치고 간다

묵정지를 보며

고 재 종

모내기 마치고 사나흘
어린 모 뿌리를 잡아 상기 저리 푸르다
이제 한 열흘 남짓 더 하면
저 모들 땅맛을 알아 이내 새끼를 치겠지
애써 이 물꼬 저 물꼬 조절하다
논두렁 우뚝 서서 이 논 저 논 둘러보니
모 심지 않고 버려둔 윗배미 닷 마지기 논
온갖 지심들만 우북한 꼴사납다
필경 올미 벗풀 여뀌 방동사니 등속일
저 지심들 어른난 꼴새가 민망하다
저 논 그리도 아껴 물꼬쌈도 퍽이나 했던
참등집 김생은 타관객지 떠돌 만한지
저 논에서 어쩌다 흙 한 삽 떠냈다가 다투고
대통 석 달 열흘을 의절한 일 혹여 기억하는지
심어놓으면 벼는 잘도 뿌리를 잡는데
왜 자꾸 농사꾼은 뿌리째 흔들리고 뽑혀
이 들 저 들에 묵정지만 늘어가는가

하지만 어데 해맑은 곳에서 불어와
상기도 저 볏잎들 건드리며 몸살하는 잔바람아
벼잎이 노여움 아니라 벼잎이어서만 푸르고
볏논이 그리움 아니라 볏논이어서만 평평한
그런 눈물 맑게 빛나는 좋은 세상 그리어
우리는 오늘도 논둑에 우뚝 서는구나
잔바람 잔바람 너 하나 동무삼아
오늘도 물꼬 조절 세상 조절해보는구나

흔들리지 말기

김 기 홍

흔들리지 말기
이대로는 이 철근 위에서
강바람 몰아치는 현장 저 바닥
열두 시간 4천 원, 노동을 파는
가슴 뜨거운 어머니 앞에서 찌든 가난의 표본이 되어
쓰러지지 말기
흐려지는 아침 찬밥 한 덩이 말아 먹고
골목까지 따라 나오시던, 어머니
약이라도 해묵어야 헐 것인디 그 감춘 눈물로
절뚝이며 가파른 산 넘어온 이 공사판에서
얄팍한 노임의 감시 앞에서
자꾸 어디로 끌려가고 있는가
독살스럽게 한 세상 굳게 버텨
희미해지는 망막 속에 비친 마른풀들
일어서기. 일어서서 더욱 활발한 동작으로
이 땅에서 살아남는 피눈물보다
더욱 강하게 일어서서 사람답게 서는 날

싹뚝 잘린 무우 토막처럼 끝을 보기

노동이 아름답게 보이는 날

쓰러지더라도 그날

아직은 시련에 들 때가 아니다

속살을 깨물며 하까*로 관자놀이를 치며

아, 살아 오라. 희미해져가는 정신이여

흔들리지, 흔들리지 말기

끌려간 아프리카의 검은 노예 같은 아버지 앞에서

땟국 절은 어머니 사랑의 서글픈 노동 앞에서

아아, 쓰러지지 말기

쓰러지지 말기

---

* 철근과 철근을 결속선으로 묶을 때 쓰는 갈쿠리.

인부수첩 5
—아침 이야기

김 해 화

아침마다 우리들은 줄지어 섰다
아니다 아침마다
우리들은 아무렇게나 모여 섰다. 아무렇게나
찾아오는 죽음 아무렇게나 살아온 세월처럼
질경질경
좆같은 세상을 씹기도 하면서. 안개 속에
가만히 누워 있는 강. 어두운 골방에 드러누워
가랑이 벌려주는 나루터집
이 양을 생각하기도 하면서 킥킥킥
처웃기도 하면서

철근 21, 목수 2, 슈 6…… 이름도 필요 없이
하나둘 인원 점검이 끝나면
뿔뿔이 흩어져 철근을 휘고 못질을 하고
아슬아슬한 삐아 위에 슈판을 놓기도 하면서
얼큰한 해장술의 취기 위에 다시
금지된 막걸리를 붓기도 하면서

아무렇게나 떨어져 천만 원짜리가 된 동료를
화장터로 실어 보내기도 하면서

밤이면 머리 빗어 넘기고 가짜 대학생, 가짜 토목기사,
스킨로션 발라대고 가짜 회사원
가짜가 되어 시내로 공원으로 몰려 나가
진짜 여대생을 꼬시고 가짜 회사원을 닮아먹기도 하
면서
새벽이면 빔 사이에 묻혀 흐느끼기도 하면서
짓밟힌 가슴
상처투성이 사랑을 버리며 이를 갈기도 하면서

비 오는 날 공치는 날 술에 젖어 비에 젖어
뜨겁게 손을 잡으면서 어깨를 껴안으면서
거친 손 움켜쥐면서
사람들아 언젠가 이 손의 의미를 알리라
알리라 알리라

눈물에 갈아 세운 날카로운 뜻
소중히 가슴에 품기도 하면서

접시꽃 당신

도 종 환

옥수수잎에 빗방울이 나립니다
오늘도 또 하루를 살았습니다
낙엽이 지고 찬바람이 부는 때까지
우리에게 남아 있는 날들은
참으로 짧습니다
아침이면 머리맡에 흔적 없이 빠진 머리칼이 쌓이듯
생명은 당신의 몸을 우수수 빠져나갑니다
씨앗들도 열매로 크기엔
아직 많은 날을 기다려야 하고
당신과 내가 갈아엎어야 할
저 많은 묵정밭은 그대로 남았는데
논두렁을 덮는 망촛대와 잡풀가에
넋을 놓고 한참을 앉았다 일어섭니다
마음 놓고 큰 약 한번 써보기를 주저하며
남루한 살림의 한구석을 같이 꾸려오는 동안
당신은 벌레 한 마리 함부로 죽일 줄 모르고
악한 얼굴 한번 짓지 않으며 살려 했습니다

그러나 당신과 내가 함께 받아들여야 할
남은 하루하루의 하늘은
끝없이 밀려오는 가득한 먹장구름입니다
처음엔 접시꽃 같은 당신을 생각하며
무너지는 담벼락을 껴안은 듯
주체할 수 없는 신열로 떨려왔습니다
그러나 이것이 우리에게 최선의 삶을
살아온 날처럼, 부끄럼없이 살아가야 한다는
마지막 말씀으로 받아들여야 함을 압니다
우리가 버리지 못했던
보잘것없는 눈높음과 영욕까지도
이제는 스스럼없이 버리고
내 마음의 모두를 더욱 아리고 슬픈 사람에게
줄 수 있는 날들이 짧아진 것을 아파해야 합니다
남은 날은 참으로 짧지만
남겨진 하루하루를 마지막 날인 듯 살 수 있는 길은
우리가 곪고 썩은 상처의 가운데에

있는 힘을 다해 맞서는 길입니다
보다 큰 아픔을 껴안고 죽어가는 사람들이
우리 주위엔 언제나 많은데
나 하나 육신의 절망과 질병으로 쓰러져야 하는 것이
가슴 아픈 일임을 생각해야 합니다
콩댐한 장판같이 바래어가는 노랑꽃 핀 얼굴 보며
이것이 차마 입에 떠올릴 수 있는 말은 아니지만
마지막 성한 몸뚱어리 어느 곳 있다면
그것조차 끼워넣어야 살아갈 수 있는 사람에게
뿌듯이 주고 갑시다
기꺼이 살의 어느 부분도 떼어주고 가는 삶을
나도 살다가 가고 싶습니다
옥수수잎을 때리는 빗소리가 굵어집니다
이제 또 한 번의 저무는 밤을 어둠 속에서 지우지만
이 어둠이 다하고 새로운 새벽이 오는 순간까지
나는 당신의 손을 잡고 당신 곁에 영원히 있습니다.

사랑

박 남 준

직박구리가 찍— 하고 울었다
흰 해당화 한 송이를 와자지끈 꺾었기 때문이다

소나무 한 그루 우두둑 가장 굵은 팔을 꺾었다
누군가 군불도 없는 찬방에 새우잠을 자고 있기 때문
이다

한때 그대를 위해 붉은 목숨을 내놓으리라
그런 날이 있었다

삶의 거처

백 무 산

강이 어디에 있냐고 그가 물었다
길을 묻는가 해서 내가 되물었다
이리 쭉 가면 다리가 나오느냐고 다시 물었다
비닐 가방에 때 절은 작업복
거친 손에 머리는 반백인 사내

늦가을 찬바람 안고 돌아서는 그를 불렀다
그리고 나는 아무것도 묻지 않았다
모든 걸 잃은 사람에겐
사람의 체온이 종교다

저들의 탐욕과 음모와 속임수로
숱한 사람들 찬 거리로 내몰렸지만
우린 또 기억한다 그 숨막히던 날들
모두가 졸부가 되던 뻔뻔스럽던 날들
모두가 모두를 소비하고 내다버리던 날들

그 사람 앞에 앉아 나도 밥 한 그릇 받는다
어쩐지 목숨 비치는 국밥 한 그릇 받는다
강이 어디에 있느냐고 물었던가
목숨이 어디에 있느냐고 물었던가

독수리

오 성 호

내 사랑은 불꽃,
아직 태어나지 않은 번개다
미명(未明)의 하늘을 찢고
어두운 골짜기마다
수줍은 첫새벽의 속살을 열어준다
산 그림자에 갇힌 채
가위 눌린 꿈속을 건너가는
사슴의 무리를 위하여

온 산이 문을 열고
오가는 바람 속에 제 높이를 드러낸 아침
사람들은 제 발소리에 놀라
단숨에 몇 개의 등성이를 넘고
생애의 벼랑 끝에 발이 묶인다

그때 비로소 완성되는 내 사랑
오랜 굶주림의 눈을 뜨고

갈 곳 없는 짐승의 등뼈 속으로
쏟아져 내린다, 충전된 발톱과 부리로
닫혀진 살의 문을 깨뜨리고
맑은 피의 웅덩이 속으로 뛰어든다
한 발, 또 한 발 남김없이

한 마리의 사슴을 낳고 기른
숲의 밑바닥까지 자맥질해간다
뒤엉킨 바람과 먼지와 불꽃 속에서
태어나는 또 한 마리의 사슴을 움켜쥘 때까지
그러나 내 사랑의 끝은 늘 새로운 굶주림,
채워지지 않는 공복(空腹)으로
다시 솟아오르는 선홍빛 무지개

靑山을 부른다 1

윤 중 호

뿔뿔이 달빛 흩어져
모든 것 가뭇 자취 없다, 밤
청산에 들어 청산을 찾다 길 잃고
지친 돌멩이 되어
가파른 산비탈에 눕다.

靑山은 어디에 있는가?

함부로 부는 바람에
나뭇잎 깨어나는 소리, 저 높은 곳
두런대는 산들의 소리 들리는데…….

찔레꽃

이 원 규

아버지가 돌아왔다

제삿밥 물린 지도 오래
청춘의 떫은 찔레 순을 씹으며
뼈마디마다 시린 가시를 내밀며
산사나이 지리산에서 내려왔다
흑백 영정사진도 없이
코끝 아찔한 향을 올리며
까무러치듯 스스로 헌화하며
아직 젊은 아버지가 돌아왔다

어혈의 눈동자 빨간 영실들이야
텃새들에게 나눠주며
얘야, 막내야
끝내 용서받지 못할
차마 용서할 수 없는 내가 왔다
죽어서야 마흔 번

해마다 봄이면 찔레꽃을 피웠으니
얘야, 불온한 막내야
혁명은 분노의 가시가 아니라
용서의 하얀 꽃이더라

하마 네 나이 불혹을 넘겼으니
아들아, 너는 이제 나의 형이다
이승에서 못다 한 인연
늙은 안해는 끝내 고개를 돌리며
네 걱정만 하더라

아서라 에비, 애비!
나보다 어린 아버지가 돌아왔다

투망

이 은 봉

호숫가 잔잔한 풀밭에 앉아
은빛 살붕어를
한 놈 한 놈 건져 올리는 일
그런 은밀한 맛도 맛이지마는
그보다는
물 잦은 금강 한복판
우루루 몰려다니는 피래미 떼
살금살금 뒤를 밟아서
후다닥 투망을 뒤집어씌우는 일
살짝 포옥 뒤집어씌우자는 것이지
그물을 들어 올리면
파닥파닥 튀어 오르는 놈
두 다리를 쪽쪽 뻗는 놈
이거야 미칠 일 하나지
얼마나 황홀한 아픔이냐는 것이지
손톱으로 배를 툭 따서
초장을 듬뿍

섭지도 않고 삼키는 일
그처럼 신명 나는 일이 또 어디 있느냐는 것이지
평생을 피래미 새끼처럼 살아온
영 맘보가 글러버린 시러배 잡놈들
요컨대 초여름 하루
세상, 그처럼 견디더라는 것이지.

아이들 다 돌아간 후

정영상

아이들 다 돌아간 후
교무실 책상 앞에 와서
우두커니 서면
지금은 몇 시인가
책상을 짚고 창밖을 본다
하지를 앞둔
일년 중 가장 긴 해가 저물고
일곱 시를 치는 괘종시계 종소리
플라타너스 벌레 먹은 얼룩 잎이
우리 반 특구 청소 구역에 떨어지는 것을 보며
솟아오르는 눈물을 참는다
날마다 하루에 아홉 시간씩 공부시키면서
쉬는 시간에 복도가 시끄럽다고
아이들 입에다 자갈을 물리자던 교감이여
손아귀에 핏줄이 모아졌다가
힘없이 풀리는 나날들 앞에
혜영이의 일기장은

다시 한 번 나를 죄 많은 선생으로
가슴에 낙인을 찍는다
시험 점수나 등수 때문에
자신이 바보라는 걸 깨닫게 된 건
정말 처음이라던 혜영이
아아 어두워지는 교실에서
마지막 책걸상을 정돈하는
주번 아이들마저 돌려보내고
쓰라린 가슴으로 창밖을 보면
행복은 성적순이 아니다
피맺힌 유서 남겨놓고 목숨 끊은
어린 열다섯 여학생의 얼굴이 떠오르고
이 나라 푸른 하늘 보기가
그만 소름 끼치도록 무서워진다.

촛불

조향미

온 산천 하얗게 내린 눈
다 쓸어낼 필요 없어
발 디딜 골목 몇 뼘만 쓸어내듯이
아무리 큰비 내려도
하늘 통째로 가리지 않고
한 몸 피할 작은 우산 펴듯이
해 지고 어둠 내리면
식구들 저녁 밥상에 둘러앉을 만큼
사랑하는 이와 눈빛 맞출 만큼
그만큼의 빛이면 족하다
잠 안 오는 깊은 밤엔
시집 한 권 읽을 만큼
둥글고 부드러운 불빛 켠다
곁에서 어둠은 어둠대로
순한 짐승처럼 쌔근쌔근 엎드려 잔다

개 울음소리

호인수

개 울음소리는
해무와 범벅이 된 어둠이 깊을수록
별마저 삼켜버린 먹구름이 짙을수록
더욱 드높다
불면의 밤을 뒤척이는 사람아
핏발 선 눈 부릅뜨고
해변에 나가보아라
어둠을 두려워 않고 끊임없이 돌진하는
저 거대한 파도 더미의 위력을 보아라
누가 막을 수 있으랴
누가 장난감 같은 대포나 총 따위로
저 울음소리를 그치게 할 수 있으랴
끝끝내 어둠이 걷히고 먹구름이 걷히고
동쪽 수평선 벌겋게 달아오르는 신새벽
벌거숭이 계집아이 사내아이
손잡고 해변으로 뛰어나올 때
바다는 눈물을 훔치고

양 떼가 되어 평화스럽게 누우리니

옴마 편지 보고 만이 우서라

어느 해 늦가을 어머니께서는
평생 처음 써보신 편지를
서울에서 대학 다니는 자식에게 보내셨지요.

서툰 연필 글씨로
맨 앞에 쓰신 말씀이
"옴마 편지 보고 만이 우서라."

국민학교 문턱에도 못 가보셨지만
어찌어찌 익히신 국문으로
"밥은 잘 먹느냐"
"하숙집 찬은 입에 잘 맞느냐"
"잠자리는 춥지 않느냐"

저는 그만 가슴이 뭉클하여
"만이" 웃지를 못했습니다.

오늘 밤에는
그해 가을처럼 찬바람이 불어오는데

하숙집 옮겨 다니다가
잃어버린 편지는
찾을 길이 없습니다.

하릴없이 바쁘던 대학 시절,
겨울이 다 가고 봄이 올 때까지
책갈피에 끼워두고
답장도 못 해 드렸던 어머님의 편지를.

꽃

오 봉 옥

아프다, 나는 쉬이 꽃망울을 터트렸다
한때는 자랑이었다
풀섶에서 만난 봉오리들 불러 모아
피어봐, 한번 피어봐 하고
아무런 죄도 없이, 상처도 없이 노래를 불렀으니

이제 내가 부른 꽃들
모두 졌다

아프다, 다시는 쉬이 꽃이 되지 않으려다
꽁꽁 얼어붙은
내 몸의 수만 개 이파리들
누가 와서 불러도
죽다가도 살아나는 내 안의 생기가
무섭게 흔들어도
다시는 쉬이 꽃이 되지 않으려다.

아리조나로 부치는 노래

—찰스 리에게

장용철

총독부 시절에도 끝까지 족보를 지켰던 조선 선비의 맏 자식인 그대가 찰스 리라는 이름으로 創氏改名을 했을 때, 그때는 정말 정신이 없었지, 바다 건너로 한 움큼의 동전이라도 더 송금하기 위해. 밥풀 같은 센트 하나라도 통장에 더 주워담기 위해. 빛 바랜 엽전 타래 얼러메고 동 부로 서부로 東家食 西家宿. 아메리카 들소 가죽처럼 질 긴 뱃가죽, 오늘은 홀연히 네바다를 건너 아리조나로 들 어가는 일군의 들소 떼를 본다.

그래 그쪽은 대머리독수리의 날개짓이 잠잠하던가. 노 갈레스, 자꾸 황사 바람에 눈 비벼보는 노갈레스. 이상하 게 노가리라는 조선의 물고기가 발음되는 거기는 그래 고기 썩는 비린내가 진동하지 않던가. 그을린 등줄기에 모래알 비늘을 뒤집어쓴 모래무지, 사막을 헤엄치는 기형 물고기.

무사히 선인장 가지 위에 둥지를 틀었다는 제 일신을 받고 나서 나도 비로소 새로 태어난 내 딸에게 앤젤이란 이름을 붙여주었다. 우리가 함께 둥지를 틀었던 천사의 도시, 여남은 고향 까마귀들 까악까악 목쉰 합창의 축가를 들으며. 한가할 때면 새끼들 손잡고 국경까지 넘어갔다 온다는 제 이신을 받고 나서 나는 조심스레 조선의 마지막 수절 과부인 내 어머님께 초청장을 보냈다. 메이드 인 유에스에이 손녀가 당신을 한번 보고 싶어한다고……

왕비 어금니

조 재 도

마음이 숯검댕이같이 암흑이거나
불이 나 그을음이라도 자욱 끼게 되면
막돼먹은 세상 종주먹질에 욕이라도 해주고 싶지만
그럴 때마다 조용히 외진 곳에 나와
공주 박물관에서 보았던 왕비 어금니를 생각한다
그러면 들쑥날쑥 날 선 마음이 조금은 가지런해진다
산머리에 걸린 노을처럼 고요해지고
갈앉은 꽃봉처럼 담담해진다
오랜 세월을 견뎌 오늘에 이른
옥수수 알갱이만 한 왕비 어금니
투정에 흘기눈에 매끄러운 옷을 입고 쌀밥을 먹고 금베
개에 낮잠을 잤을
그러나 세월이 쓸어간 것들
천 년 해가 가는 동안
바람의 늙은 손이 쓸어간 것들
그러고 보면 나의 암울도 소원의 괴로움도 불내 나는
마음도 푸스스 묽어진다

그런 뒤에 찾아드는 스스로에 대한 슬픔

어머니께 2

어머니
흔들어주셔요
바람이 나뭇가지 흔드는 모습으로
저를 흔들어주셔요

한세상
흔들리며 산다는 건
황량한 철로 변 구절초만큼
아름다운 일이겠지요

강아지풀 씨앗도 바람 불어야
땅에 떨어지데요
봄에는
민들레 꽃씨도 그랬지요 아마

풀잎들이 흔들리는 모습으로
흔들리며 한세상

살고 싶어요

얼마나 아름다운 반란인가요
연약한 가지일수록 더 크게
겨울을 흔드네요

저도 저렇게 제 하늘
흔들고 싶어요
한세상 흔들며
겨울을 지내고 싶어요.

바오밥

구 광 렬

열대 아프리카의 나무가
온대의 내 가난한 정원에 뿌릴 내릴까 싶다가

신에 의해 최초로 만들어진 나무
수명이 오천 년이나 된다는 나무를 심는 일은
명주실 한 타래를 위해
끊어진 누에고치에 새삼 숨을 불어넣는 일과
깨져버린 꿈을 잇기 위해 삼가 눈을 감는 일
문드러져 사라져버린 지문을 다시 새기고
흐릿해진 손금에 새로이 먹을 먹이는 일

무엇보다 뵌 적 없는 조상에게
엄숙히 제(祭)를 드리는 일과 흡사하다는 생각이
잠자는 이마에 듣는 빗방울처럼 뚝뚝, 떨어져
오늘 그 바오밥나무 씨앗을 묻기에 이른다

그 씨앗,

찬바람 불고 눈 내리면 동동 얼어붙겠지만
지구의 온난화로 여름이 한 만 년쯤 될,
천 년 그 어느 끝자락 즈음
미이라 내장 속 과일 씨처럼 문득 싹을 틔워
다섯 장 흰 꽃잎 만국기처럼 흔들리고
죽은 쥐 모양의 열매 달랑, 고양이처럼 웃으면

가지보다 더 가지 닮은 나무의 뿌리는
지구별의 한복판을 뚫고 불쑥
반대편 이웃 정원의 나뭇가지로 솟아
남반구 북반구 대척점 사람들
모두 한나무에서 움튼 열매를 나누고
손자의 손자들은 집 한 채 크기 둥치에
대문보다 더 큰 구멍을 내
팔촌, 십이촌 한나무 한가족을 이룰 것이니

지난날, 강 저쪽을 망각해

도강의 꿈을 저버렸던 새 한 마리
뿌리보다 더 뿌리 같은 가지 위에 앉아
그 평화스러운 나눔을 지긋이 바라볼 때

그즈음
이 정원엔 눈이 내려도 좋을 것이다
씨앗을 쥐고 있던 내 손바닥, 화석이 되어도 좋을 것이다

뺀찌 차고 버스에 올라

김 영 환

　지난 시절 감옥에 갇혀서도 무너지지 않았어 서울 구치
소 소년수가 "형님은 나라를 훔치려 했으니 우리보다 큰
도둑이야"라고 말했고 교도관도 우릴 양심수다 확신범이
다 했으니까 그 후 홍성교도소에서 追加*가 떠서 서울로
재판을 받으러 올 때 영등포역에서 전철에 올랐는데 사
람들이 이쪽저쪽에서 혀를 찰 때도 "노란 딱지 요시찰"에
스스로 위안을 삼으며 부끄러웠지만 흔들리지 않았지

　그 후 전기기능공으로 뺀찌 차고 만원 버스에 올라 곱
게 차려입은 여대생이 스타킹 나간다며 짜증을 부릴 때
온갖 생각 일어났었어 이제는 뒤늦게 복학도 하고 의사
가 되었지만 돌이켜보면 언제나 부끄러워지는 것은 뺀찌
사쿠를 옆에 차고 버스에 올라 얼굴을 붉히던 그 고뇌의
산을 나는 훌훌 넘지 못한 것이라네

---

*재감 중에 혐의가 보태어져 새로운 형이 더해지는 경우.

早春

박 종 권

바람아, 이제 너는 무엇 하려느냐
날이 새도록 비가 내려서
붉은 산동백이 흘려놓은 비린내를
시리게 적시는
고흥반도 가래수 앞바다

파도처럼, 숨이 차오르는 이른 아침의 밀물처럼
쉴 새 없이 떼 지어 몰려와
여우섬, 시력섬
어린 시절 배고픈 눈물 속에 뜨던
여러 섬들의 가물거리는 이름을
하나씩 건져내어 푸르게 뒤집어쓰고
질베같이 풀어헤친 명사십리
그 젖은 가슴의 어느 곳에서
재 너머 당골네 넋풀이하듯
쓰러지고, 다시 일어서려느냐

아무쪼록 저승에서 잘 살펴 가시라고
이 나라 사람으로 태어나
살다 보면 씻어내거나 풀지 못해
맺혀 있는 한이
마지막엔 저렇게 섬이 되어 남아
새끼 갈매기 여린 나래 뼈 부러지는
안쓰러운 소리 같은 것이
석 달 열흘, 아니 몇십 년을 더 넘겨서도
환히 들릴 수밖에 없는 것이라고
바람아, 이제 깨어나 수런대며 말하려느냐.

저 멀리 저 멀리서 1

이 흔 복

소문에 의하면 의정부 어디? 당신은 밤마다 술에 취해 울고 있다고, 당신은 누군가를 기다리고 있다고, 소문을 듣고도 찾아 나설 수 없는 곳에서 우리는 당신을 기다리고 있습니다.

밤마다 당신은 술에 취해 소리 없이 쓰러져서도 가끔은 그리운 애인의 얼굴이 흐려진다고, 갈수록 막막한 어둠만 밀려온다고, 엉겅퀴꽃 한 송이 곱게 피어 하늘로 가는 길을 묻곤 하는 의정부 어디? 당신을 찾아나설 수 없는 곳에서 우리는 당신을 그리워하고 있습니다.

고양이의 마술

최 종 천

우리 공장 고양이는 마술을 잘한다.
어떻게 암컷을 만났는지 그리고 역시나
도대체 어떻게 새끼를 여덟 마리나 낳았는지
네 마리는 엄마를, 다른 네 마리는 아빠를,
정확하게 닮았다. 밥집에서 밥도 오지 않았는데
일하는 나를 올려다보며 큰 소리로 외친다.
그 소리를 들어야 비로소 우리들 배가 고파온다.
녀석들은 어느 날 갑자기 찾아왔다.
점심을 먹고 있는데 니야옹! 하는 소리로 온 것이다.
땅바닥에 엎질러준 생선 대가리와 밥을 말끔히도 치
웠다.
얼마 후엔 암컷도 같이 왔다.
공장장만 빼고는 일하는 사람 모두 장가를 못 간
노총각들이어서 그런지 고양이 사랑이 엄청 크다.
자본주의가 결혼하라고 할 때까지
부지런히 돈을 모으는 상중이가 밥 당번이다.
밥을 주면 수컷이 양보한다.

공장장은 한때 사업을 하다 안되어
이혼을 했다고 하지만,
내가 보기엔 자본주의가 헤어지라고 하여
헤어진 것이 틀림없다.
사람의 새끼를 보면 한숨만 터지는데
고양이의 새끼를 보면 은근히 후회되는 것이다.
사람인 나는 못 하는, 시집가고 장가가고
돈 없이도 살 수 있는 고양이의 마술이다.

오십천의 달

김만수

달이 밝으면 안 된다고 한다
반도에서 이름난 영덕대게
그 게살이 먼바다로
다 빠져나가버린다고 한다
오십천에 달 밝으면 영덕 사람들은
복숭아 봉지를 만들거나
위뜸 아래뜸 논물 대놓고
술추렴으로 달 지기를 기다릴 뿐이라 한다

고래불 축산 강구 오십천
뱃놈이 희망 많으면
뱃전에 물이 넘는다고
눈물 아른아른
오십천 나루마다 달 밝으면
이 풍진 세상 다 가버린다 한다
어둠 속 강을 건너
미륵봉 넘어간 여식들

돌아오지 못한다고 한다
오십천에 달 밝으면
빈 껍데기
빈 껍데기만 가득가득
판장에 기어올라
쓸쓸한 모습들만 달빛에 타고
회귀의 연어 떼
돌아오지 못한다고 한다
이 풍진 세상
다 가버린다고 한다.

그네

박 철

가고 올 것이다
우리가 흔들려 마음의 수(繡)를 놓으니
세상의 온갖 즐거움
아이들의 아우성조차도
가선 다시 돌아올 것이다

정작 우리가 내리지 못한 이 여행길
기차는 떠나고 비좁은 완행열차에
울다 지친 아이의 곁에서
눈물로 맹세하지만
후루룩 우동을 말아 먹는 어느 간이역쯤에서
슬픔이 세상의 아름다움을 빼앗지 못함을 알고
돌아와 다시 매달릴 것이다
그대의 손목을 잡을 것이다

식민지 국어시간

신 용 길

일제시대에 '국어'시간은 있었어도
'우리말'은 가르치지 못했다
'우리의 역사'도 가르치지 못했다
다른 책 속에 끼워 '우리말' '우리 역사'를 가르치다
일본 순사에 붙잡혀가
무진 몰매에다 고문에 못 이겨 숨지신 분 몇이던가
감시와 압제 속에 근근이 목숨 이어온
우리말과 우리글
해방된 국어시간
옆에 다닥다닥 붙어 있는 영어시간
열없고 맥빠진 국어시간에
단어장 꺼내놓고 영어단어 외기에 분주한 아이들
천근만근 무너져내리는 울분에
아이들만 탓할 수 없어
더 목소리를 높여본다
국어 작문, 독서시간은 없어도
영어 듣기 평가는 있어

양 귀에 헤드폰을 꼽고
끊임없이 돌아가는 외국 문화, 팝송 람보에 눌려
기도 못 펴는 우리 민요
수업 중에 딴짓했다고 회초리 드는 순간
귓가에 저벅저벅 들려오는
군홧발 소리에 나도 몰래 움츠러드는
식민지 국어시간

저녁의 노래

임 동 확

눈 감으면 날마다 반복되는 저녁이
전혀 다른 저녁의 얼굴로 다가오리
그 저녁이 깊어질수록 아주 단순해진 외로움만
그만 꿈을 잊는 머리 위에 새벽별처럼 빛나고
더러 용서받지 못할 열애의 날들도
덧없이 숨죽인 강물처럼 흘러가리
결코 제 것이 아닌,
소유할 수도 없고
그렇다고 포기할 수도 없는 것들이
그래서 더욱 아름다워지리
곧잘 검은 세월의 거울 깊숙이 출몰하던
저 무거운 기억의 편린들마저도
불현듯 여름 밤하늘의 천둥 번개처럼 번쩍이리

아아, 그러나 유한한 너와 내가 어쩌다가
온갖 부조리한 운명과 사나운 무한이 기다리는
이 찬란한 고요와 함께 마주하고 있는가

정녕 환하기에 더욱 놀랍고 두려운 사랑의 밤이여

더 오래 견디기 힘들면 별빛 쏟아지는 강가로 나가
네가 남기고 간 한 권의 책 같은 남빛 우산을 펴리
그러면 비로소 맹목인 내 입술이며 그토록 사납게 뛰던
심장마저
수줍은 흑암(黑闇)처럼 눈을 감고
드디어 제 안에서 터져 나오는 소리에 귀 기울이리
눈 감을수록 더 생생한 침묵의 빛 속에서만 온전히 넌
내 차지리

저목장(貯木場)에서

최 성 수

나무를 쌓는다, 흩뿌리는 눈발
허리 굽은 산맥이 보이고, 산맥처럼 웅크린
우리들의 한 시절도 보인다
우물 정(井)자로 쌓아놓는 이 나무가
다시 헐리고 들리어 어느 땅에 묻힐 것인가
우리는 알려 하지 않는다, 어차피
우리도 부서지고 가루가 되며
뉘 땅엔가 묻힐 것이다
저탄장을 휩쓸고 가는 회오리바람에
치솟다 떨어지는 탄가루로 시드는 겨울나무들
봄 먼저 오는 동해 쪽으로 비껴 서듯
단 입김 꽁꽁 어는 추위 속에서
우리들 어깨 또한 희망 쪽으로 기울고 있지만
하늘도 쉽게 가려지는 겨울 저목장
아직은 찬바람뿐이다, 시린 마음뿐이다
소리치며 산 넘어가는 눈, 눈발

마동 배꾼
—통영 바다 2

최 정 규

낚시꾼들의 빤지르한 자가용이
갯가 젊은이들의 가슴속을
비집고 드나들면서부터
막걸리 소주잔은 맥주잔으로 바뀌고
갯비늘 묻어나오던 토박이 말씨는
합성세제 거품 속에 말라만 간다
고기 터 손짓해주고
객꾼들 뒤치닥거리하며
받아쥔 푼돈으로 밑자리 깔아 사는
늙은 배꾼의 속마음이야 편할 리 없건만
자식 새끼들 제 구멍 찾아나서버리고
쌓아놓은 돈궤짝 없다 보니
배운 것이 뱃일이요
아는 것이 고기 노는 곳이라
영영 물편 일에 등질 수야 있겠는가
고기 상자 풀어 내려 동산만큼 쌓던 자리에
자동판매기가 설치되고 호화 별장이

덩그러니 자리하고 있는 통영 바다를
양지 녘에 곱게 핀
노오란 배추꽃이 눈여겨보고 있다

폐병쟁이 내 사내

허 수 경

그 사내 내가 스물 갓 넘어 만났던 사내 몰골만 겨우 사람 꼴 갖춰 밤 어두운 길에서 만났더라면 지레 도망질이라도 쳤을 터이지만 눈매만은 미친 듯 타오르는 유월 숲 속 같아 내라도 턱 하니 피기침 늑막에 차오르는 물 거두어주고 싶었네

산가시내 되어 독 오른 뱀을 잡고

백정집 칼잽이 되어 개를 잡아

청솔가지 분질러 진국으로만 고아다가 후후 불며 먹이고 싶었네 저 미친 듯 타오르는 눈빛을 재워 선한 물같이 맛깔 데인 잎차같이 눕히고 싶었네 끝내 일어서게 하고 싶었네

그 사내 내가 스물 갓 넘어 만났던 사내

내 할미 어미가 대처에서 돌아온 지친 남정들 머리맡 지킬 때 허벅살 선지피라도 다투어 먹인 것처럼

어디 내 사내뿐이랴

제3부

난시청 마을

저 등꽃

김 신 용

왜 등나무는

제 몸을 뒤틀고 비틀어 기어오르는가?

온몸을 빨래처럼 쥐어짜야, 자일도 없이 암벽을 타듯

뻗어 나간 넝쿨의 손이, 푸른 잎사귀를 쥘 수 있다는 것
일까?

그 푸른 잎사귀들이 풍성한 그늘을 드리울 수 있다는
것일까?

그 그늘을 찾아드는 여름 한낮의

고단한 마음의 풍경들을 쉬게 할 수 있다는 것일까?

내 후미진 세월의 빈터에도 깊게 뿌리 내린 후회,

회한의 뿌우연 먼지를 뒤집어쓰고 비 한 방울이 맥박을
기다리는

어깨 처진 마음의 풍경들을 차라리 잠재울 수 있다는
것일까?

그러나 후회도 탄식도 사람의 몫,

이 땅의 부끄러움의 굵은 산맥, 굽이쳐오는 비탄의 주
름살들을

어찌 얼굴에서 지울 수 있으리

가늘어서 더 아픈 신경의 섬세한 떨림을

어찌 빗방울의 발자국으로 노래하지 않을 수 있으리

그러나 등나무, 마치 화장장의 火口 속 같은

차가운 불길이 뜨거운 시체를 삼키는, 염천 아래

비틀고 뒤틀어 쥐어짜고 쥐어짠 제 몸의 땀방울로

푸른 잎사귀를 만들고 있네

그 그늘에

떠오른 저 등꽃,

차가운 불의 이빨에 살 다 뜯기우고, 마지막 암호 같은,

상형문자의 뜨거운

화두 같은, 물음표의 기호 하나

침묵의 火口 속에서 걸어나와, 피어 있네

바람의 분골기가 내 후회의 뼛가루를 세월의 강물 위에

떠울 때

쑥국새 소리

안 상 학

다 늦은 시간 아버지의 집에 찾아들었네
쑥국새 소리, 저놈의 쑥국새 소리
해묵은 가난을 깔고 누운 머리맡
골골 깊어진 아버지의 기침 소리
자정 무렵, 도시에서 나는 무슨 소리를 들었으랴
공장에서 네온 솟은 거리에서 산동네에서
무슨 쑥국새 소리 들었으랴, 그저 지쳐
술 취한 등을 받아주던 따뜻한 가로등
길 위에서 길을 잃었을 때
홀로 서른 고개 넘고 있었지
그리운 아버지의 집
다 늦어 찾아들었지만
쑥국새 둥지로 무슨 새가 날아들었으랴
그리움 달래주지 않는 저기 저
저놈의 쑥국새 소리, 아버지의 기침 소리

사람들의 안부를 묻는다

이 강 산

골목의 그늘이 깊다
햇볕이 아직 남아 있다는 이야기다
늘 어두워야 돌아오는 사람들
가슴에 노을 한번 안아보지 못한 사람들에겐
골목의 그늘이
어둠보다 낯선 마을이 많다
오늘 다녀가는 사북이 그렇다
사람들 돌아올 시간은 멀고
골목 저 끝에서
햇볕 몇 조각이 힘겹게
사람을 기다리다
사람을 기다리다
저희들끼리 퍽퍽 가슴을 두드린다
이 마을이 낯설다는 이야기다
아직 어둠이 멀었다는 이야기다

혼불

이 재 금

어린아이가 죽은 날 밤 맑고 푸르른 혼불이 가볍게 산 너머 서천으로 흐르는 것을 보았다. 어른이 죽으면 이 세상 살아온 그 빛깔 그대로 혼불은 아득히 산을 넘어갔다. 때로는 궂은비 내렸다.

모진 병이 들어 큰 병원 7층 병동에 입원하여 아래로 흘러가는 풍경을 저승처럼 바라본다. 병원 마당은 쉴 새 없이 승용차들이 미끄러져 들어오고 빠져나가고 하루에도 몇 차례씩 병실에서 실려 나와 영안실로 옮겨진다. 줄지은 화환 사이로 영구차가 미끄러지듯 빠져나간다.

여덟 살 적 소 먹이러 갔던 날 쇠뿔에 고삐 감아 산속에 몰아 올려놓고 산골 도랑 가재잡이에 잠착해 해 지는 줄 몰랐다. 공동묘지 도깨비 어른거리는데 밤까마귀 울고 소는 보이지 않고 울며불며 온 산 헤매이다 돌아와보니 소는 저 먼저 내려와 외양간에 들어앉아 점잖게 되새김질을 하고 있었다.

혼불을 본 사람이 없었다. 사람만 떠나고 혼불 혼자 남
아 고향 도랑가 가재를 잡고 있는 것일까. 밤낮 없이 울리
는 종소리들이 혼불을 거두어 먼저 떠나버린 것일까. 여
기저기 교회 십자가 불빛 깜박거리고 어디선가 종이 울
린다.

비단길
—실크로드 3

당신에게 비단길 되고 싶어요 천년의 세월에 쌓인 먼지
벗길 때마다 부드럽게 드러나는 비단길 되고 싶어요 낙
타 똥이 화톳불로 타올라 어두운 사막을 밝히고 차가운
얼굴에 온기를 돌려주듯 당신의 추운 가슴과 세상을 녹
이는 뜨거운 사랑 지피고 싶어요 우리의 사랑 불붙다 보
면 미치지 못할 곳 어디 있겠어요 당신께서 한 몸 이룰 수
없는 슬픔과 고통에 눈물 떨구신다면 당신 볼이 발갛게
달아오르는 입맞춤 될래요 내 마음에 낀 푸른 녹 벗기면
원산 청진 함흥 장산곶 개마고원이라는 예쁜 이름에도
부드러운 비단길 펼쳐지겠죠 그 옛날 낙타가 걸음 옮길
때마다 쩔렁쩔렁 울리던 방울 소리가 사람과 사람을 사
람과 역사를 이어주듯 천년이 지나도 변치 않을 튼튼한
비단길 한 자락 되고 싶어요.

내 그리스인 친구 얀

신 정 숙

얀,
네 고향은 그리스의 어느 항구
여러 번 들었어도 기억하기 어려운 곳
너는 그립게 그곳을 발음한다

갈매기에게도 어디 국적이 있으랴
네 직장 조선소 근처 바다새를 보면서
향수 때문에 너는 자주 착각한다, 여기가 어디인가
얀,
여기가 어디인가, 나도 자주 착각한다
내 향수의 진짜 이유는 무엇인가
전생에
갈매기 끼룩대는 아득한 마을 있어
볼모로 떠나온 육신은
갈팡질팡 이승이 자주 힘들고
그럴 때 착각한다,
내 국적의 진짜 이름은 무엇인가 하고

생을 거듭한
업은 또 무엇인가 하고

얀,
너의 된발음 영어나 나의 서투른 영어나
깊이가 없어서 우리에겐 실은 언어가 없다
언어가 없어
결코 사랑하지도 미워하지도 않을 것이므로
우리는 또한 경계하지 않는다
그래서 우리는 만난다 가볍게
인사한다 즐겁게

얀,
쓸쓸하다고 말할 때도
어쩐지 너는 즐거워 보인다
인간사의 모든 고리가 끊어진 이국에서
쓸쓸함은 너의 표피일 뿐이라고,

내가 쓸쓸하다고 말할 때
내 살갗은 저며지고 피가 흐른다고
그러나 그렇게 설명할 수 없어서
우리는 서로의 쓸쓸함을 외면한다
들여다볼 수 없는 깊이의 쓸쓸함을, 너와 나는 관계하
지 않는다

얀,
너가 이국의 표기법으로 이름표 붙은
푸른 근무복을 벗어 네 방 창가에 걸어두는 것처럼
내 넋은 떠돌이처럼 전생을 기웃거리고
밤마다 육신은 허름한 볼모의 옷을
검은 못 위에 무겁게 걸어둔다

얀,
여기는 너처럼 나의 이국

영국사에는 梵鐘이 없다

양 문 규

영국사에는 범종이 없다

산과 산 사이로 낮게 구름이 흘러가고
바람 속을 종소리 대신
소똥 묻은 새가 울고 간다

스님은 심장을 드러내고 계곡물 소리를 듣는다
서로 가는 것을 묻지 않고,
길이 끝나는 곳으로부터
소리들이 되돌아와 발 디디는 곳마다
종을 울린다

물은 흘러가는 것을 묻지 않고 계속 흐른다

마음속의 觀音
종소리 아닌 종이 운다

절 밖
아름드리 은행나무,
큰 울음
나뭇등걸 속에 내장한 채
하늘을 떠받들고 서 있다

가랑잎초등학교

정 세 기

이름만으로도 좋아라

지리산 중턱의 가랑잎초등학교

더덕 순같이 순한 아이 셋과 선생님 한 분이

달디단 외로움 나누며

고운 삶의 결을 가슴에 새기고 있어라

새소리 실려오는 바람 속으로

소나무 숲에 앉아 글 읽는

맑은 음성이 고요히 퍼지는 곳

사랑과 평화 그 순결함으로 충만하여라

나뭇잎 떨어지는 소리가

영혼의 파문 일으키고

꽃잎 피고 지는 것으로

계절의 흐름을 가늠하는

그냥 사는 것이 공부가 되는 교실 밖 교실

피라미 희뜩거리는 골짜기에서

물처럼 조잘대며 노닐다가

젖은 꿈을 안고 돌아오는

사루비아 붉게 타는 운동장
단풍나무 가지에서 해찰하는
다람쥐 눈망울에 햇살은 더욱 부셔라
구름 자락에 매달린 산마을에
머지않아 가랑잎처럼 사라질지도 모를
어여쁜 이름의 가랑잎초등학교

살구꽃 그림자

정우영

나는 마흔아홉 해 전 우리 집
우물곁에서 베어진 살구나무이다.
내가 막 세상에 나왔을 때 내 몸에서는
살구향이 짙게 뿜어져 나왔다고 한다.
오랫동안 등허리엔 살구꽃 그림자가 드리워졌고
목울대엔 살구씨가 매달려 있었다.
차츰차츰 살구꽃 그림자는 엷어졌으나
서러운 날 꿈자리에서는 늘 우물곁으로 돌아가
심지 굳은 살구나무로 서 있곤 한다.
그럴 때마다 전설과도 같은 기쁨과 슬픔들이
노란 전구처럼 오글조글 새겨진다.
가끔 눈 밝은 이들이 조용히 다가와 내 어깨에
제 목 언저릴 가만히 얹어놓는다.
그러면 살구나무가 기록한 경전이 내 눈에서
새록새록 돋아나와 새콤하게 퍼지는 우주의 기밀,
슬그머니 펼쳐 보이기도 한다.
언젠가 별 총총한 그믐날 밤 나는,

가만히 눈 기울여 천지를 살피다가
다시 몸 부려 살구나무로 돌아갈 것이다.
나는 태어나기 이전의 역사이다.

치자꽃 1

이 양 희

지난겨울은 마음에도 북서풍이 들이쳐
꿈의 실뿌리까지 흔들어놓았다
햇볕 들지 않는 베란다 구석에서
치자꽃 한쪽 팔이 추위에 잘려나가도
나는 애써 못 본 체
벽을 쌓았다

봄 햇살이 버려진 상처까지 어루만져
치자꽃은 연둣빛 잎 수줍게 달고 햇살에도 흔들리고
초록잎이 매미 소리에 물들 무렵엔
남겨진 팔 위에
작은 꽃 두 송이 눈부셨다

찬바람 한쪽 팔로 껴안으며
어둠마저 불러들여
한 뼘의 깜깜한 흙 속, 꿈의 엉킨 실뿌리에
향기와 빛깔을 수놓고 있었다니

깊은 벽 속으로
나는 달아났지만
치자꽃 하얀 꽃잎을 달고
하얀 향기로 곁에 왔을 때
부끄러운 그 벽은 소리 없이 무너지고

나는 하얀 향기의 길을 따라
어느새 꽃잎 속을 걷고 있었다
내 꿈의 뽑힌 실뿌리
가만히 곁에 따라왔다

아버지 자랑

임 길 택

새로 오신 선생님께서
아버지 자랑을 해보자 하셨다

우리들은
아버지 자랑이 무엇일까 하고
오늘에야 생각해보면서
그러나
탄 캐는 일이 자랑 같아 보이지는 않고
누가 먼저 나서나
몰래 친구들 눈치만 살폈다

그때
영호가 손을 들고 일어났다

술 잡수신 다음 날
일 안 가려 떼쓰시다
어머니께 혼나는 일입니다

교실 안은 갑자기
웃음소리로 넘쳐 흘렀다

작은 주먹

정 종 목

무엇을 쥐고 있을까 잠든 아기는
손가락 말아 쥐고 잠든 아기는
이제 막 도착한 세상에 대해
무엇을 꿈꾸고 있을까
깨어서 울음밖에는 웃음밖에는 모르는
최초의 언어를 향해 걸음마도 떼어놓지 못한 아기는
무엇을 움켜쥐고 잠들었을까, 잠들었을까
손가락 하나하나 헤쳐보면 아무것도 없고 보이지 않고
어김없이 다시 감겨져
향기로만 오고
부드러운 감촉으로만 오고
좀처럼 선뜻 보이지 않는
완강하게 세상을 향해 말아 쥐고 있는
잠든 아기의 주먹, 작은 주먹 속에는

눈빛, 내 마음의 경전

조 성 국

어둑새벽의 철문을 딴다
손가락까지 달라붙는 눈보라 혹한,
실낱같은 수은등 빛이 새어 나오는
공장 문틈 새로 절뚝이는 다리의
유리칼 하나 날렵히 그어대는 일급 재단사가
주름살 굵게 팬 이마의 땀 훔치고
가쁜 숨 하얗게 몰아쉬며 쏘아본다

여덟에 열두 자의,
깨어진 채 칼날처럼 쏟아지는 투명유리 파편을 피해
나를 밀쳐내며
쓸어져선 애써 부릅떠 보이기도 했던
저 외눈박이의 눈빛

벽오동나무 꽃그늘 아래

조 용 미

새벽 4시
길 위에서 길을 잃고 서 있다
벽오동나무 푸른 정맥들
엉킨 속마음이 드리우는 그림자를 밟고
내가 서 있다
나무 그늘이 환하다.

벽오동꽃 어깨로 떨어지는
거미줄 위
길을 물을 데 없다.
습기 가득한 새벽 공기 가르며
택시들은 씽씽 소리를 내며 질주한다.

마음의 무거운 그늘 아래
꽃들이 진다.

뿌리

맹 문 재

내가 공중전화를 걸기 위해 걸어가는 동안
낯익은 사람들이 지나갔다
그들은 나를 몰랐지만
나는 그들을 신문이나 심포지엄이나 잡지를 통해
잘 알고 있었다
나는 한꺼번에 그들이 지나가는 것이 이상해
걸음을 멈추고 뒤돌아보았다
그들은 가까운 호텔의 커피숍으로 들어가고 있었는데
이미 도착한 사람들도 꽤 있어
서로 반갑게 악수를 나누고 더러는 껴안았다

나는 다시 공중전화를 향했다
그런데 이번에는 선생님으로 불리는 유명한 민중시인이
걸어오는 것이었다
나는 정중히 인사를 하고
어디에 가시느냐고 물었다
시인은 노동대책회의가 있어서 간다면서

호텔의 커피숍을 손가락으로 가리켰다 그러고는
내게도 초청장을 보냈는데 못 받아봤느냐고 했다
나는 그가 거짓말을 한다는 것을 알고 있었지만
저는 자격이 안 됩니다라고
공손한 웃음을 보였다

시인과 헤어져 다시 공중전화를 향해 걸어가다가
나는 멈추고 말았다
어디에 전화를 걸어야 할지 생각나지 않는 것이었다

노동에 건다고 했는데, 노동에……
누구에게 걸어야 하는지, 왜 걸어야 하는지 생각나지
않았다
시인을 따라 커피숍에 들어갈 수도
공중전화를 걸기 위해 계속 갈 수도 없었다

눈이 날리기 시작했다

수많은 사람들이 지나가는 길 위에서
나는 우두커니 서 있었다

노동이라는 말이 눈발 속에서 뿌옇게 떠올랐다

난시청 마을
—梅花里에 와서

백 창 일

텔레비전 화면이 흐렸던 만큼 매화리의 아침은
그렇게 빨리 온다, 싯푸른 호박 덩굴을 타고
어둠이 내려 온 마을은 개 짖는 소리뿐이고
마을 사람들은 이내 마음을 비우게 마련이다
욕심을 부추길 만한 색다른 소식이 없으니
걱정이란 오로지 참깨밭에만 가 있을 뿐이다

텔레비전 화면이 흐렸던 만큼 매화리의 아침은
그렇게 빨리 온다, 이슬 진 제비꽃 덩굴을 타고
햇살도 눈부셔 온 마을은 새 울음 소리뿐이고
마을 사람들은 이내 마음을 비우게 마련이다
욕심을 부추길 만한 남다른 소식이 없으니
걱정이란 어느새 닭 모이에만 가 있을 뿐이다

시래기국밥

정 윤 천

우리 할머니
염천 뙤약볕 가슴으로 거둔 산답배미 콩밭
콩밭의 콩알들일랑은 그렇게
훗날의 한 장독 가득 간장도 된장도 되고
또 우리 어머니
품 들여서 손톱 깎을 일이라곤 없었던
갈쿠손 세워 이룬 뒷전 남새밭
남새밭의 청무 푸른 잎들은
애초부터 한 줄기도 버릴 일이라곤 없어
처마귀 몇 다발의 시래기도 되고
그렇게 아등바등 등거리 대고 살아온
저 행색도 대물림 받은 꼬장한 고부지간에
험난한 세월의 뒤엉킴과도 같이
푸진 국솥 안에 끓고 넘쳤던
사발도 드높은 흥건한 국물 속의
시래기국밥 한 그릇은
그때 누구나 다 허한 속으로 건너가야 했었던

질척이는 한겨울 밤의 지난함을
쬐금은 덜 힘들게 하곤 그랬었는데
그 밥상머리가에 얽힌 식구들의 추억이
후제까지 여영 따뜻하고 그랬었는데.

당몰샘

박 두 규

구례 장수 마을 당몰샘에 가면
대숲 푸른 바람도 서늘히 떠서
그 청정을 어서 퍼가라 하건만
샘가의 바가지 하나
아무리 물을 퍼 담아도 담아도
물이 담아지지를 않는구나
아이쿠, 담아지지를 않는구나.
샘가의 살구꽃 무더기도 우습다는 듯
꽃잎 몇 개 내리고서 새침을 떤다.
아흔셋 허연 할머니는
푸르딩딩한 어린 상추를 한 소쿠리 씻더니
당몰샘 한 모금 훌쩍 마시고
돌담길 돌아 총총 사라진다.
아무도 없는 샘에서 슬슬 눈치를 보다
다시금 물을 떠보건만
아, 끝내 물 한 바가지를 퍼올릴 수 없었다.

세월은

서 정 홍

일본 문화라고 그리도 싫어하던 내가 오랜만에 후배들
과 어울려 노래방에 갔는데요 요즘은 아이들 데리고 온
식구들이 함께 즐겁게 손뼉 치고 어울려 놀 만큼 우리 삶
에 스며들었는데요 그러나 골목마다 노래방 생기기 전엔
가까운 술밭에 둘러앉아 함께 손뼉 치고 노래 부르면 술
없어도 흠뻑 취할 수 있었는데요 노래방 생긴 뒤 좁은 밀
실 담배 연기 속에서 쿵짝쿵짝거리는 반주 따라 소양강
처녀가 나오더니 거울도 안 보는 여자가 반쯤 옷을 벗고
밤거리를 헤매는데요 나는 차례에 밀려 겨우 고른 노래,
80년대 최루가스 뒤집어쓰고 거리거리에서 어깨 겯고 부
르던, 손뼉 쳐서 박자 맞추기도 힘든 양희은의 노래, 아침
이슬을 부르는데요 그만 흥겨운 분위기 다 죽여놓고 쉽
게 어울리지 못하는데요 남행열차를 타고 오, 즐거운 인
생을 노래하는 사람들의 세월은 강처럼 흘러흘러가고 나
는 나를 붙들고 늘어지는 양희은의 노래, 아침이슬만 악
을 쓰고 부르는데요 서러움 모두 버리고 나 이제 가노라
고 아무리 악을 써봐도 갈 수 없는 세상에서 비지땀을 쭉

179

쭉 흘리는데요

뼈마디가 실한 이유

김 진 완

깜장 고양이 쥐 한 마리 잡아
마루 위에서 어른다

—문디그튼년아그래니밥값했다아침부터더럽구로저리
가처묵어라쉬이

외할매 쥐 꼬리 잡아 던진다
쏜살같이 날고
뛰는 두 평행선
수직으로 선 대나무 숲이
덥석,
받아 안는다

때 절은 버선발이 핏방울 문대고
손으로 죽죽 찢어
밥 위에 얹어주던
묵은지

군둥내

할매도 고양이도 털 빠진 쥐도
배 속에서 쑤석쑤석
댓잎 훑어 뿌리며
놀고 자빠지다가
잘도 삭아……

옹헤야!
뼈마디를 굵혔느니

직소폭포

송 종 찬

그대를 떠나 객지를 떠돈 지 십수 년 기다리라는 말 한 마디 잘 드는 조선낫이 되었던 걸까. 푸른 억새 낫처럼 마음을 베고 홍화 붉게 물들어 손금을 적시는 내변산 직소폭포를 오르네. 그대에게 가는 길 이리 헐겁지 않았는데 그대 발부리는 장맛비를 머금고 야윈 등줄기에서 흘러내리는 식은땀. 그 옛날 나 그대 얼굴 바로 볼 수 없어 내소사 뒷길에 올라 갈밭머리를 건너오는 바람결에 마음을 빗질하곤 했었네.

누가 그대 가슴에 길을 냈는가. 어젯밤 장맛비 퍼부어 나 떠날 수 없게 하고 달을 건네주던 다리는 물에 잠겨 발목까지 차오르는 빗길, 찢긴 속곳처럼 불타 없어진 實相寺址 지나 물을 건너네. 그대 가까워질수록 엎드려 흐르는 목소리 들리고 맑은 눈 마주칠까 두려워 나 적송의 가지 뒤에 숨어 하늘만 보았네. 그때 옷고름 밖으로 쏟아지던 절규 그대는 그 가는 몸으로 이 땅의 욕망을 받아내고 있었네.

인간의 길

고래의 길과
갯지렁이의 길과
너구리의 길과
딱정벌레의 길과
제비꽃의 길과
굴참나무의 길과
북방개개비의 길이 있고

드디어 인간의 길이 생겼다
그리고 인간의 길옆에
피투성이가 된 고양이가 버려져 있다

북방개개비의 길과
굴참나무의 길과
제비꽃의 길과
딱정벌레의 길과
너구리의 길과

갯지렁이의 길과
고래의 길이 사라지고

드디어 인간의 길만 남았다
그리고 인간의 길옆에
길 잃은 인간이 버려져 있다

임종

고증식

암만 생각해도 이상한 일이었다 할머니한테 가기로 아
이들과 약속한 날 밤새 불려 다니다 날 훤해져 들어왔다
몸은 까라져 죽겠는데 휴가고 고향집이고 자알한다 아내
는 쉴 새 없이 퍼부어 쌓는데 뭐가 이리도 나를 끌어당기
나 입은 채 쓰러졌으나 잠 오지 않는다 털고 일어나 운전
대를 잡았다 푹푹 술 냄새가 걸렸으나 까짓 천 리 길인들
눈 감고는 못 가랴 어스름 녘 고향 집엔 까무룩 잠들어 계
신 어머니 손꼽아 기다리던 손주들도 몰라보고 방 안 가
득 거친 숨결만 떠다니는데 그땐 정말 몰랐었다 할머니
잠 깨실라 다들 저녁 먹으러 보내고 나 혼자 어머니 곁에
누워 잠동무 되었다 아 꿀처럼 달았던 깊은 잠 엄니, 엄
니, 형, 혀엉, 일 나갔던 막내아우 돌아와 거칠게 나를 흔
들었을 땐 어머니 이미 먼 길 떠나신 뒤였다 어머니 언제
저리 고우셨던가 입가에 잔잔히 맺힌 저 미소는 또 무엇
인가 시쩨야, 느덜은 너무 멀리 살아서 내가 죽는대도 아
마 숨 끊어진 담에나 올 거라 집 떠나올 적마다 어머니 그
게 노래시더니

전설

안 용 산

언제부터인지 우리 마을엔 비밀을 간직한

산 하나 있어

사람들은 성산이라 하였지

산에 오르면 누구나 꽃을 꺾어 머리에 이고

꽃 이름을 지어야 했지

꽃 이름을 짓지 못하면 피를 토하고 죽는디

그것도 모두 다른 꽃 이름으로 불러야 했기에

마을 사람들 산이 두려워 함부로 오르지 않았지

함부로 오르지 않으므로 이야기는 이야기를 낳아

여름이면 여름 이야기를 만들고

겨울이면 겨울 이야기처럼 든든하게

마을을 감싸고 있었지

그러다 누구도 산을 오르지 않아 아니

오를 사람 없어 비밀이 사라지고 이름이 사라져

그저 만악리 산 일 번지가 되었지

그렇게 산이 무너져 산은 무너져

그 자리에 공장 하나 들어서고

비밀처럼 은밀하게 생수 만들어
서울로 서울로 실려가면서
마을에 남아 있던 늙은이
하나둘 생수를 따라
서둘러 서울로 울먹이며 떠나갔지

황폐한 기억에 대한 단상

영광도서 앞 나무 탁자에 무늬로 앉아 바라다본 대아호텔 층층이 창마다엔 화상처럼 불빛이 일그러져 빛나고 십 년의 세월을 견디어 지워지지 않는 그을린 기억이 붙박혀 있다. 그 겨울의 불씨가 건물 어딘가에 곰팡이처럼 숨었으리라는 예감. 서면로터리 돌아 동보극장 뒷골목에 즐비했던 학원들 오뎅 국물 잔소주에 취하던 나날의 검정고시생들은 한 번씩의 실패를 나누어 갖고 지금은 다시 어떤 실패를 준비하고 있을까?

열아홉의 노이로제는 만화가게 골방 질 나쁜 포르노 화면으로도, 송정 바닷가 언덕에 기댄 첫 담배의 어지럼증으로도 잠재울 수 없었다. 동양고무 라인 조장이던 누이를 기다리던 당감동 고개에는 하루에도 몇 차례씩 조화도 없는 영구차가 화장터를 오르고, 자취방 쪽문으로 저녁 햇살이 꼬리를 사리면 66번 버스 안내양에게 부치지도 못할 편지를 썼다.

가죽 공장 다니던 도한이를 만나면 달에 한 번은 자갈치시장 좌판에 쪼그려 앉아 꼼장어를 섭었다. 그럴듯한 내일이 있기라도 한 것인 양 남폿불이 깜박이고 싸구려 포부를 떠벌이기에도 지치면 대선소주를 물컵에 따라 들이켜곤 했다. 그 매서운 겨울이 다 가도록 불타는 호텔 창문에 매달렸던 창녀의 바람에 날린 치마 안 곱게 감추어진 빨간 속옷을 지울 수 없었고, 밧줄 매듭이 풀리자 떨어져 즉사한 죽음의 기억이 종이컵 속에 커피 자국으로 묻어 있다.

기름美人

조 기 조

아무리 뻑뻑한 사내라도
단박에 매끄럽게 만드는 여인
어떤 쓰라린 생애도
녹슬게 만들지 않는 여인
그러나 가까이 하기에는 위험한 여인
어느 소매나 바지 자락에
잘 빠지지 않는 얼룩을 만드는 여인
그래서 쉽게 사랑받지 못하는 여인
그녀에겐 늘 사랑 아니면 미움뿐이다
술에 물 탄 듯 하지 않는 분명한 여인이기에
물과 비슷하긴 해도 물과는
지독한 편견을 갖고 섞이지 않는 여인이기에
그녀를 사랑하다 한 줌 재가 된
뜨거운 사내가 있는가 하면
그녀를 차지하려고 전쟁을 일으킨
건달 대통령도 있다
하지만 누구도 다스리지 못하는 여인

아무리 견고한 통과 배관에 가두어도
어느 틈에 스며 나와 흐르는 여인
어쩌다 사랑은 할 수 있지만
결코 소유할 수 없는 여인.

변사체로 발견되다

박 해 석

네 옷은 네 마지막 밤을 덮어주지 않았다

구름 속에서 달이 몇 번 갸우뚱거리며 네 얼굴을 비추고 지나갔다

고양이가 네 허리를 타고 넘어가다 미끄러지며 낮게 비명을 질렀다

가까운 공중전화 부스에서는 쉬지 않고 뚜뚜뚜 신호음 소리가 들려왔다

새벽 종소리는 날카롭게 반쯤 열린 네 입술 속으로 파고들었다

환경미화원의 긴 빗자루는 웬 마대자루가 이리 딱딱하냐고 툭툭 두들겨대었다

동대문야구장 공중전화 부스 옆 쓰레기 더미 속

파리 떼와 쥐들에게 얼굴과 손의 살점 뜯어 먹히며 보름 동안

그는 그들과 함께 살았다 죽었다

흘러온 사내
—팽목*에서

마흔이 다 된 사내가 손가락에 묻은 밥풀을 혓바닥으로
핥는다
시켜 먹는 밥을 천천히 식혀서
마감 뉴스가 끝날 때까지 비릿한 선창의 밤을 숟가락으
로 뒤적거린다
그러는 동안 누군가 천장에 붙여놓은 물고기 판박이는
간신히 열린 창문 너머로 자꾸만 지느러미를 흔든다
아마도 포구의 철썩이는 것들이 속 좁은 여관의 삶을
흔들었을 것이다
야식 쟁반을 문밖에 내어놓을 때마다
사내는 불륜처럼 저질러놓은 외로움을 신문지로 덮고
돌아선다
돌아서야만 하는 삶을 지겹도록 살아오지 않았던가
사실 길에서 순교하고 싶은 열망은 늘 길 위에서 저물
었다
냉장고 문짝에 붙은 샛별다방과 금강야식 스티커를 손
톱으로 긁어내며,

사내는 샛별 같은 배달부와 필경 금강에서 팽목까지 흘러온 어떤 삶을 생각한다

어떤 방에서는 신음 소리가, 어떤 방에서는 울음소리가 나는

서로 다른 삶이 기어이 문틈을 파고든다

언제나 소리가 나지 않는 밤은 사내의 몫이었다

말하자면 어떤 소리의 뿌리를 잘라보아도 사내의 아픈 소리는 들리지 않는다

어떤 여자의 저녁과 어떤 남자의 아침이 이 방 안을 살다 갔듯이

사내는 그저 몇 가닥의 한숨과 터럭을 남기고 흘러갈 것이다

격랑이 다한 팽목의 내력쯤은 사내에게 중요하지 않다

여관에서 내다본 나무의 곡절과 바다의 지독함도 사내의 배경과는 무관하다

사내는 전등 스위치를 내리고, TV도 끄고 나무토막처럼 누워서

여기까지 흘러온 어떤 사내의 등에 아메바 무늬가 그려
진 이불을 덮어주었다.

---

* 다도해 섬을 잇는 진도의 포구.

도고 도고역

류 외 향

거기 역이 있다 한다
지상의 끝에 있을 것 같은 역이
거기 있다 한다

열꽃이 미친 듯이 꽃망울을 터뜨리는 더운 잠에 빠져
내려야 할 곳을 지나쳤거나 지나친 줄도 모르거나
철로의 행선지를 도무지 알 수 없거나
열차를 탄 채 제가 승객이라는 사실을 망각할 때
온몸을 뚫고 들어오는 도고 도고역
그의 혼에 이끌리듯 내려선다 한다
내려서자마자 주춤 발을 물린다 한다
전생의 새벽이 회색 바람에 묶여 와글와글 몰려오고
열차 떠난 자리엔 철로만 남아
수억만 년을 요지부동 엎드려 있었다는
완강한 자세로 철로만 남아
내릴 수는 있어도 탈 수는 없는 도고 도고역

회색 바람을 타고
서릿발 툭툭 털어내며 한 남자 걸어와
잿빛 양복을 펄럭이며 꿈결처럼 걸어와
눈자위 붉게 빛내며
천년만년 같이 살자 말을 건넨다 한다
그 말 하 심상해서
한 남자 소맷자락을 잡고 따라가
눌러 살고 싶어진다고 한다
멀리 드문드문 더운 김을 뿜어내는 산야와
뒤돌아보면 긴 꼬리를 땅속으로 뻗으며
요지부동 엎드려 있는 시간의 무덤들
약속도 없이 저 혼자 덜컹철컹
문을 열었다 닫는다 한다

거기 역이 있다 한다
생의 기척에 무감해 천근만근 무거운
잠 속에서 장기 투숙하고 있을 때

그 역에 내릴 수 있다 한다

기침 소리

유 종 인

쓸쓸한 낮거리 얘기란다
그가, 한낮의 사창가를 거닐다가, 잡혀 들어가듯
한낮에도 밤인 그녀의 방, 배 위에 배를 얹고
아랫도리를 놀리던 순간, 신음 소리 뒤에
억눌린 잔기침 소리가 간간이 올라오더란다
섹스가 집중이 아니 되더란다 아래 사람의
잔기침 소리가 자꾸자꾸 귀청을 밟아와
무슨 꾸지람처럼 그의 몸으로 전해 오더란다
그녀의 배는 어느 순간 사라지고 저 혼자
지구라는 땅별하고 흘레붙고 있는 것 같아
말없이 땀 흘리며 외로워지더란다
잔기침 소리를 지우려고 더욱더 거짓 신음 소리가
애쓰듯 기침 사이사이에 피어나더란다
일 마치고 환한 대명천지에 드러나 보이는
유곽이, 폐가된 꽃 대궐 같더란다 기침 소리
온몸으로 전해 듣고 나오니
화대가 아니라 약값을 주고 나온 것 같더란다

어느새 봄꽃들 다 범하듯 덮어버린 초록 잎새들만
바람에 가랑이 벌렸다 오므리는 그 사이로
밭은기침을 내보내던 앙상한 그녀의 아랫도리 같은
묵은 줄기가 못 볼 것처럼 자꾸 눈에 밟히더란다

무너진 가슴

오 도 엽

   핏물 범벅인 채 널브러진 쇳동가리만 뜨거웠던 지난날
을 이야기한다 내 잘못인지 네 잘못인지 가릴 겨를도 없
이 우린 쓰러졌다 살아남은 것은 을씨년스럽게 공장을
뒤덮은 억새뿐이다 지난 태풍에 슬레이트 지붕은 날아갔
고 앙상한 뼈대만 썩어가고 있다 그 밑엔 선반에 깎이다
버려진 주물덩이가 무덤처럼 쌓여 있다

   바로 나다
   버려진 우리가 붉게 녹슬어 있다

제 4 부

종이는 나무의 유전자를 갖고 있다

멀고 아득한 곳의 늪으로 헤엄쳐 간 물고기 떼

김충규

무거운 하늘이 늪의 수면에 내려와서

제 살 몇 점 물고기 떼에게 내어주고 있다

늪을 버리고 하늘 속으로 숨어들어

멀고 아득한 곳으로 헤엄쳐 가는 물고기 있다

사람의 눈에는 보이지 않는 또 다른 늪이

하늘 속 혹은 그 너머에 있는지도 모른다

비가 오면 우포늪을 끼고 도는 길에도

조그만 늪들이 생겨나는 까닭을

헤엄쳐 간 물고기들은 알고 있을 것

늪은 제 비밀을 다 알아버린 물고기만을

슬며시 놓아주어 멀고 아득한 곳의 또 다른 늪으로

헤엄쳐 가는 뒷모습을 물끄러미 지켜보았을 것

밤이면 또 모르지 우리가 알지 못하는 먼 늪에서

별빛을 타고 내려온 천상의 물고기 떼가

늪을 환하게 쟁기질하는지를……

폐활량 큰 우포늪의 들숨과 날숨의 높낮이를 따라

오리 떼도 날개를 퍼덕거렸다 접었다 하고

내 숨소리의 높낮이에 따라
내 속의 늪도 고요해졌다 출렁거렸다 하고

사람 숲에서 길을 잃다

김 해 자

너무 깊이 들어와버린 걸까
갈수록 숲은 어둡고
나무와 나무 사이 너무 멀다
동그랗고 야트막한 언덕빼기
천지 사방 후려치는 바람에
뼈 속까지 마르는 은빛 억새로
함께 흔들려본 지 오래
막막한 허공 아래
오는 비 다 맞으며 젖어본 지 참 오래

깊이 들어와서가 아니다
내 아직 어두운 숲길에서 헤매는 것은
헤매이다 길을 잃기도 하는 것은
아직 더 깊이 들어가지 못한 탓이다
깊은 골짝 지나 산등성이 높은 그곳에
키 낮은 꽃들 기대고 포개지며 엎드려 있으리
더 깊이 들어가야 하리

깊은 골짝 솟구치는 산등성이

그 부드러운 잔등을 만날 때까지
높은 데 있어 낮은, 능선의
그 환하디환한 잔꽃들 만날 때까지

나의 아름다운 세탁소

손택수

명절 앞날 세탁소에서 양복을 들고 왔다
양복을 들고 온 아낙의 얼굴엔
주름이 자글자글하다
내 양복 주름이 모두 아낙에게로 옮겨간 것 같다
범일동 산비탈 골목 끝에 있던 세탁소가 생각난다
겨울 저녁 세탁, 세탁
하얀 스팀을 뿜어내며
세탁물을 얻으러 다니던 사내
그의 집엔 주름 문이 있었고
아코디언처럼 문을 접었다 펴면
타향살이 적막한 노래가 가끔씩 흘러나왔다
치익 칙 고향역 찾아가는 증기기관차처럼
하얀 스팀을 뿜어내던 세탁소
세상의 모든 구불구불한 골목들을
온몸에 둘둘 감고 있다고 생각했던 집
세탁소 아낙이 아파트 계단을 내려간다
계단이 접었다 펴지며 아련한 소리를 낸다

펌프

유 홍 준

열다섯 살,
식어빠진 수제비를 퍼먹었다

봄날이었다
한낮이었다
빈집이었다

한 바가지 물을 목울대에 퍼 담고 펌프를 자아댔다 우
리 집 펌프는 왜 이리 자꾸 물이 빠지는 거냐 어머니 푸념
이 떠올랐다 사라져버린 아버지를 죽이고 죽이고 죽이고
어서어서 고장나버려라 이깟 펌프 이깟 생, 갓 수음을 배
운 나는 거칠게 거칠게 펌프를 자아댔다

살점을 모두 뜯어 수제비 끓여놓고
집 나간 어머니는 돌아오지 않았다

봄밤이었다

달빛이었다

헛짓이었다

펌프 탓이었다

상처의 집

윤임수

바싹 마른 그 집
다 쓰러져가는 블록담 속으로
들어가보고 싶다
들어가서
세월에 덧나고 금 간
상처와 상처가 서로 붙들고
쓰러질 듯 쓰러질 듯 쓰러지지 않는
그 오래된 끈기를 보고 싶다
가장 큰 슬픔으로 한순간
쓸쓸히 무너져내려도 아쉬움 없을
깊고 오래된 눈빛들의
상처의 집 하나 짓고 싶다

밥그릇 경전

이 덕 규

어쩌면 이렇게도
불경스런 잡념들을 싹싹 핥아서
깨끗이 비워놨을까요
볕 좋은 절집 뜨락에
가부좌 튼 개밥그릇 하나
고요히 반짝입니다

단단하게 박힌
금강(金剛)말뚝에 묶여 무심히
먼 산을 바라보다가 어슬렁 일어나
앞발로 굴리고 밟고
으르렁그르렁 물어뜯다가
끌어안고 뒹굴다 찌그러진

어느 경지에 이르면
저렇게 마음대로 제 밥그릇을
가지고 놀 수 있을까요

테두리에

잘근잘근 씹어 외운

이빨 경전이 시리게 촘촘히

박혀 있는, 그 경전

꼼꼼히 읽어 내려가다 보면

어느 대목에선가

할 일 없으면

가서 '밥그릇이나 씻어라'* 그러는

---

* 조주선사와 어느 학인과의 선문답.

먹염바다

이 세 기

바다에 오면 처음과 만난다

그 길은 춥다

바닷물에 씻긴 따개비와 같이 춥다

패이고 일렁이는 것들
숨죽인 것들
사라지는 것들

우주의 먼 곳에서는 지금 눈이 내리고
내 얼굴은 파리하다

손등에 내리는 눈과 같이
뜨겁게 타다
사라지는 것들을 본다

밀려왔다 밀려가는 것 사이

여기까지 온 길이
생간처럼 뜨겁다

햇살이 머문 자리
괭이갈매기 한 마리
뜨겁게 눈을 쪼아 먹는다

자작나무 눈처럼

이 종 수

외롭지 않은 이 누구랴
뼈에 붙은 살마저 다 발라지고
저 간잔지런한 바람 앞에 살이 나뭇잎이라면
지상에서 배불렀던 살들이 나뭇잎이라면
그래서 돌아간다면
당신이 저 질탕에서 낮은 보폭으로 올라온 능선은
나이테로 퍼져 나간 뼈들의 축제이리라
잠자는 눈이여
잠이 퍼뜩 깨는, 그 눈 들판
다시 잠이 드는 눈이여
지상의 물고기들이 당신 눈빛 여울을
비늘 빛으로 받아치며 하늘로 올라간다

이제 당신과의 날들은 솟대 위에 앉은 새처럼
북방의 구름길 너머 굽어보며 파도치는 밤바다로,
그 깊이만큼 살 밀리는 땅의 애무처럼
나뭇잎으로 사랑을 나누는 평화로움

오목한 웃음으로 건너는 세상
천 년은 골짜기 깊은 산바람
피가 더 빨리 돌고, 돌고, 돌아
동심원으로 견뎌낸 나무들의 능선처럼
꽃살무늬 창문에 앉은 나비 같은 섬
뼈 속에 남는 그림들이여

링이 있는 풍경

배 영 옥

경기는 정확하게 16시 30분에 시작될 것이다
오후의 태양은 다소 거만하게
경기장 서쪽 지붕 위에서 경기를 관람할 것이다
글러브를 낀 채 금색 가운에 가려진 검고 탄탄한 근육이
긴장과 함성에 이완된 눈을 뜰 때
관중들도 조금씩 흥분의 수치를 높여갈 것이다
얼마나 오랫동안 이날을 기다려왔는지 증명하려는 듯
사내의 주먹은 피를 불러올 것이다
하지만 사내가 상대보다 먼저 제압해야 하는 건
새파랗게 날을 세운 공기들이다
경기의 승패는 바로 공기를 제압하는 데서 결정될 것이다
사내의 주먹이 스트레이트로 허공을 가를 때
상대의 낌새를 알아차린 관중들도
보이지 않는 공기의 피 냄새에 열광할 것이다
사내의 주먹도 링을 가득 채운 함성이
공기의 함성임을 알게 될 것이다
링 안의 공기가 내뱉는 거칠고 탁한 신음 소리가

자신의 주먹에서 흘러나오는 탄식임을
은연중에라도 알게 된다면
사내는 틀림없이 승리하게 될 것이다

택리지
―겨울 남행

우 대 식

해가 떨어진 겨울 대숲 가에는
모든 사물의 뒤편이 일제히 솟아올랐다
그동안 내 눈으로는 아무것도 볼 수 없었다는 듯
무너져 내린 소쇄원에 한 조각 빛마저
사그라질 때 둥근 내 뼈를 바위에
갈아본다
택리지의 쓸쓸한 기억 위에
한 줌 전등이 켜질 때
뼈대로 지켜낸 저 시간들이란
얼마나 물렁한 것일까
죽지 않고 살아 있음
남녘의 섬 흑산도에서 쓰던 정약전의 편지들은
또 얼마나 하얗게 야위었던가
댓잎들은 위리안치의 생을 씹고 씹으며
저 깊은 어둠의 중심에서
몇 마리 새를 키울 뿐
야윈 물고기들이 편지의 행간을 기어

목마른 뭍으로 오르고 있다
눈 속에서 편지 위로 번지는 불꽃들
한 획을 그을 때마다 빠르게 혹은 느리게
재가 되어 주저앉는 흰 종이
이 만행의 길 위에서
겨울 해변에 이르러 한 장 편지를 쓴다
한순간
모든 빛과 어둠을 뚫고 그대와 연락되기를

눈발이 펄펄 내리는 하늘에서
물고기들이 수직으로 하강하고 있었다

유년의 마당

누렁소가 큰 눈을 껌벅거리며 되새김질하고 있는 바깥
마당 가에 댑싸리꽃이 피었다 어머니 무른 고추를 건조
실에서 내어다 멍석에 널며 맵내 나는 손을 들어 이마에
젖는 땀을 훔치시다

텃밭 두둑 짙은 대추나뭇잎 새로 갖은 매미 소리 흘러
나오고 멀리 뜬구름이 연일 전파를 타고 흘러나와, 번듯
한 마을 청년들을 나꾸어채가는 마른 세월이 길고 모질
스럽기만 하다

형은 저녁 쇠여물을 여물통에 채워 혓바늘 돋은 소를
달래 먹이고 그 길로 사라져 보이지 않았다 살아나 있는
지, 살아나 있는지……

맵내 나는 손을 들어 어머니 이마를 훔치실 제, 저기 오
는 저것이 니 형 같다아, 형은 그렇게 어머니의 환영의 그
림자로나 다시 와서, 어머니 애린 간장을 몽창 끊어놓고
사라지곤 하였다

댑싸리꽃이 피었다 우체부의 붉은 자전거가 바깥마당
가에 멎고, 도장 주세요 속달입니다 형은 좁아빠진 편지

지 위에 누우어 있었다 이, 망할 놈으 새끼야 손가락 다
잘라 처묵고 우예자꼬 이제사 편지라냐, 이

　단장한 키에 풋풋한 살내 나는 여자를 데리고 모깃불
사이로 형이 보였다 어머니 맨발로 뛰쳐나와 형의 없는
손가락에 달려 우시고 여자가 성한 한쪽 손을 힘주어 잡
는 동안,

　나는 어둠의 등뼈에 환한 불의 얼룩을 놓는 별똥별과
마당에서 반짝이는 몇 개의 물방울이 만나 내 입에 닿는
묽은 어둠을 털며,

　모깃불에 호오호오 숨을 부었다

회색고래의 눈물

정영주

바다의 등허리가
가장 빛날 때라고 말했다
회색고래가 웅웅이며 돌아서자
수평선이 역광의 억새밭으로 환하게 출렁였다
그 빛 뒤에 거대한 그림자를 읽었다
제 어둠을 끌며 시원이었던 육지에 닿고 싶어
그늘을 찾는 고래의 길을 보았다
육중한 발목이 빠질수록 지느러미는 황홀했다
모래 바다였다

서럽게 큰 짐승이 발톱을 깎고 있었다
모래 속에 천 번도 더 박힌 고래의 발톱들
갈매기들이 등허리에 세 줄 발가락을 찍고
곰삭은 분뇨로 벽화를 남겼다

사라졌던 회색고래가 동해에 찾아왔다
어디서 왔는지 아무도 몰랐으나

한동안 바다가 까닭 없이
육지로 모래를 퍼 나르는 걸 보았다
사람들은 탑으로 쌓인 모래 더미를
고래의 발톱이라고 했고
각질로 굳은 고래의 눈물이라고 했으며
어떤 시인은 이 땅에 주는 슬픈 메시지라고 했다
고래의 사유가 사람의 사유보다 영험해
바다의 길을 지워버린 사람의 족적엔
머리조차 디밀지 않겠다고 선언한
고래가 건너는 사막이라고도 했다

고모

이 창 수

사촌이 항아리 안으로 사라졌다
어릴 적부터 주변 사람들을 놀라게 하는
특별한 재주가 있는 녀석이었다
가령 아파트 9층에 있는 제 방에 들어가기 위해
10층에서 물통을 타고 내려온 적도 있었다
계단이나 엘리베이터가 아닌 물통을 타는 데
재미를 느낀 사촌이 5층에서 1층으로
물통도 없이 내려오는 기예를 보여주었다

사촌이 들어간 항아리를 안아주었다
항아리가 비좁다고 사촌이 툴툴거렸다
항아리를 열고 눈과 코와 턱이 구별되지 않는
하얀 가루인 사촌을
가문비나무와 망초 사이에 뿌려주었다
사촌은 항아리에서 나오자마자
9층 높이의 하늘에서
휠휠휠 날아다니는

227

놀라운 활강을 보여주었다
사촌의 경이로운 재주를 지켜보던 고모는
오오 내 아들아! 발만 동동 굴렀다

옹관에 누워

조　정

나를 항아리에 담아요
가면 섬이 있고
가면 섬이 있고
혼자 가도 뱃길은 겁이 나지 않아요
더 가겠어요
나는 새의 마음을 벗어났어요
마음 없는 새에게 나를 벗어주었어요
흙을 밟고 숨 쉬던 내 발은
벗어 누구에게 줄 수가 없어 가지고 가요
찔레 덤불에 발자국 한 쌍 던져두고
붉은 항아리는 나의 전 생애에 대해서 입을 딱
다물어버려 달도 나를 따라오지 못해요
잘 있어요, 내 마음이여
정든 싸움터 잃고 해변을 서성이나요
무거운 건 몸이 아니었어요
자꾸만 넘어지는 가벼운 그대가 아니었어요
헤어지지 못해 사랑은 위대하고 성가셨지요

푸른 파도가 나를 밀고 가요

더 가겠어요

이 항아리는 넓어 곁에 아무도 앉을 수 없어요

蓮의 귀

길 상 호

蓮들이 여린 귀를 내놓는다

그 푸른 귀들을 보고

고요한 수면에

송사리 떼처럼 소리가 몰려온다

물속에 가부좌를 틀고

蓮들은 부처님같이 귀를 넓히며

한 사발 맛있는 설법을

준비 중이다

수면처럼 평평한 귀를 달아야

나도 그 밥 한 사발

얻어먹을 수 있을 것이다

재봉공

전 성 호

재봉틀의 페달을 밟다 보면
나는 까맣게 사라진다
무릎이 집중하는 발끝
그래 사는 일은 몸의 일이다
땀수를 밀어내며
어느덧 나는 밖의 천 무덤에 쌓인다
똑같은 사이즈의 옷들이 꼬리를 물고 나와
똑같은 사이즈의 사람들을 찾아간다
소리, 빠르게 드륵 드르륵거린다
재봉틀 앞에 붙박인 나비들이
가만가만 반짝인다

똥구멍으로 시를 읽다

고영민

겨울산을 오르다 갑자기 똥이 마려워
배낭 속 휴지를 찾으니 없다
휴지가 될 만한 종이라곤
들고 온 신작시집 한 권이 전부
다른 계절 같으면 잎새가 지천의 휴지이련만
그런 궁여지책도 이 계절의 산은
허락지 않는다
할 수 없이 들려온 시집의 낱장을
무례하게도 찢는다
무릎까지 바지를 내리고 산중턱에 걸터앉아
그분의 시를 정성껏 읽는다
읽은 시를 천천히 손아귀로 구긴다
구기고, 구기고, 구긴다
이 낱장의 종이가 한 시인을 버리고,
한 권 시집을 버리고, 자신이 시였음을 버리고
머물던 자신의 페이지마저 버려
온전히 한 장 휴지일 때까지

무참히 구기고, 구기고, 구긴다
펼쳐보니 나를 훑고 지나가도 아프지 않을 만큼
결이 부들부들해져 있다
한 장 종이가 내 밑을 천천히 지나간다
아, 부드럽게 읽힌다
다시 반으로 접어 읽고,
또다시 반으로 접어 읽는다

바람의 딸

김 사 이

어느 날 학교 파하고 돌아오니
안방에 아버지를 닮은 낯선 할머니가 앉아 있다
하늘에서 뚝 떨어진 친할머니라 한다
등허리로부터 소름꽃이 토도독 피어오르며
놀라 엄마, 엄마 찾았지만 보이지 않았다
평온한 시간이 지루했던 모양이다
푸른 태양이 숨어버리고
그렇게 할머니와 이상한 동거가 시작되었다
칼바람보다 더 냉랭한 말투
쳐다보는 눈빛은 얼마나 매서웠던지
엄마가 늘 쓰는 욕에도 단련되지 못했거늘
할머니는 욕에 가시를 박았는지
들을 때마다 가슴이 쩍쩍 갈라지는 것이다
잡년 개 같은 년 씨알머리 읍는 년아
왜 그랬을까 모를 일이었다
아랫집 할머니처럼 우리 강아지 우리 강아지 하며
보듬어주길 바란 적 없는데

부지깽이 들고 쫓아다니는 것이 화풀이란 것쯤 안다
아버지는 소나기처럼 한 번씩 들이쳤다 가고
어머니의 외출은 기약이 없어졌다
치통보다 곤혹스러운 시간이 흐른 뒤
중학교 입학을 앞두고
한동안 불편하고 따가웠던 바람의 정체에 대해,
어머니가 처와 자식 딸린 남자를 사랑한 것을
내가 바람의 딸인 것을 이해하는 순간
몸 깊은 곳으로부터 꽃망울이 터졌다
첫 생리였다

1998년 겨울, 영종도

조 영 관

모두 여기를
여름에는 사우디, 겨울에는 시베리아라고 했다
별을 보고 출근해서 별을 보고 퇴근하는
겨울, 영종도 공사장
갯벌 막아 지른 황막한 벌판 눈길을
덜컹덜컹 트럭은 잘도 달려간다
방한모 뒤집어쓴 채 졸다 깨다
언뜻 어스름 눈 비벼대면
차창으로 게릴라처럼 뛰어드는 새벽안개

바람이 불 때마다 눈 더미가
갈대 자빠진 갯고랑에 수북이 떠밀려 쌓여가는,
눈바람 피할 곳도 막을 것도 없는
돌 더미 눈길 위로
시린 발 동동 찍으며
우린 날쌘 노루처럼 작업장으로 달려간다
그리곤 바로 철근 뾰족뾰족 솟아오른

시멘트 담벼락 아래
각목과 합판을 분질러 깡통에 불을 지핀다

귀싸대기 얻어맞은 것처럼 얼얼한,
콧물 질질 흐르는 뺨을 문대며
불을 한 주먹씩 떠보지만
잡히는 것은
톱날처럼 파랗게 날 선 바람뿐,
옹송그리며 둘러앉아
곱은 손을 비벼가며 피워 무는 담뱃불 위로
갈매기 울음소리 끼룩끼룩
풀도 없는 돌무덤
들판 위로 유배되어
우리는

그리고 곧, 아직 촉촉한 갯벌을 후비며
덤프트럭이 달려오면

철갑 공룡들의 트림이,
새벽 체조가 드디어 시작되고
집게발로 하늘 향해 별이라도 후벼 팔 듯
얼쭝얼쭝 포효하던 포클레인이
갯바닥에 머리를 처박고
돌자갈을 몸통으로 깔아뭉개며
냉기 절절 흐르는 새벽 공기를 마구 짓쪼아 나가고

우리도 언 손마디가 뚝뚝 소리 나게
펄쩍펄쩍 후려 뛰면서 몸을 푸는데
안개만이 낯선 친구처럼
스멀스멀 회백색의 하늘가를 어슬렁거리다가
눈 위에 찔끔찔끔 찍히는 오줌발에
숭숭 구멍이 뚫려 비칠비칠 뒷걸음질치는
아, 포근한 잠이,
부리에 떨어지는 부신 햇살이 그리운 새들의,
물고기의 가슴에 돌을 퍼 담는

겨울, 영종도
물새들은 참으로 멀리 쫓겨나고
겨울 안개는 정말 너무 깊구나

삐비꽃이 아주 피기 전에

김 일 영

햇빛들이 깨어져 모래알이 되고
조개들은 그 빛의 알갱이로 집을 지어
파도에 마음을 실어 보냈다가
다시 불러들이던 섬

밥 묵어라
어둠이 석양 옷자락 뒤에 숨어
죄송하게 찾아오는 시간,
슬쩍 따라온 별이
가장 넓은 밤하늘을 배불리 빛내던

달빛 계곡 꿈을 꾸면
쪽배가 저보다 큰 텔레비전을 싣고
울 아버지, 하얗게 빛나는 이빨 앞장세워 돌아오듯
이제 다친 길을 어루만지며 그만 돌아와
삐비꽃이 아주 피기 전에

여린 삐비꽃을 씹으며
애들 소리 사라진 언덕에 앉으면 석양은
머리가 하얀 사람들 애벌레처럼 담긴 마당에
관절염의 다리를 쉬다 가고
빚으로 산 황소가 무릎을 꺾으며
경운기 녹슬고 있는 묵전을 쳐다보는 곳
그대가 파도 소리에 안겨 젖을 빨던
그 작은 섬으로

종이는 나무의 유전자를 갖고 있다

박후기

싱크대 옆 선반 위
물이 담긴 유리그릇 속에서
감자 한 알이 소 눈곱 같은 싹을 틔운다
똑똑한 아기 낳는 법,이라고 씌어진
두툼한 책장을 넘기다 말고
고추장 김치 돼지고기가 들끓는
찌개 곁에서 아내가 입덧을 한다
햇볕이 잠시 문밖에서 서성이다
돌아가는 지하 단칸방
식탁 위 선인장이 우울하다

아내는 이곳을 판도라의 상자라고 부르지만
나는 그냥 상자라고 부른다
내 몸은 지상의 모든 발 아래 놓여 있어
늦은 밤 사람들의 발소리가 뚜벅뚜벅
내 깊은 잠 속까지 걸어 들어온다

내가 살고 있는 상자는
산 아래 강가의 63층 빌딩보다 높은 곳이지만
주인집 은행나무 뿌리보다도 낮은 곳이어서
외벽에 기댄 은행나무의 뿌리가 내벽에
금을 만든다 땅속 어디선가
은행나무의 발가락들이 꼼지락거리며
벽을 긁고 있는 것이다

아내의 배 위로 불거진 핏줄이
한 가닥 금을 긋는다
아내의 배 속에는
꼼지락거리는 손가락이 열 개
발가락이 열 개 그리고
바위의 안부를 묻는 빗방울처럼
쉬지 않고 내세를 두드리는
희망이라는 유전자가 하나

초식(草食)

바람이 불고 부스럭거리며 책장이 넘어간다.
몇 시간째 같은 페이지만을 노려보던 눈동자가
터진다. 검은 눈물이 속눈썹을 적신다.
그는 빠르게 진행되는 바람의 독서를 막는다.
손가락 끝으로 겨우 책장 하나를 잡아 누르며
보이지 않는 종이의 피부를 더듬는다.
그곳은 활자들의 숲, 썩은 나무의 뼈가 만져진다.
짐승들의 배설물이 냄새를 피워 올린다.
책장을 찢어 그는 입 안에 구겨넣고 종이의 맛을 본다.
송곳니에 찍힌 씨앗들이 툭툭 터져나간다.
흐물흐물한 종이를 목젖 너머로 넘기고 나서
그는 이빨 틈 속에 갇힌 활자들의 가시를 솎아낸다.
검은 눈물이 입가로 흘러든다. 재빨리
그는 다음 페이지를 찢어 눈물을 빨아들인 다음
다시 입 속에 넣고 느릿느릿 씹는다.
입술을 오므려 송곳니를 뱉어낸다.
그의 이빨은 초식동물처럼 평평해진다.

다음 페이지를 찢어 사내는 송곳니를 싸서 먹는다.

검은 눈물이 조금씩 마르기 시작한다.

텅 빈 눈동자 속에 활자들이 조금씩 채워진다.

전화 결혼식

한국에 온 지 4년째 되는 쁘띠와
다카의 신부 리나의
전화 결혼식이 열리는 날
소주병에 눌어붙은 붉은 두꺼비마냥
가리봉 이주노동자들이 공단 쪽방에 모여 있다

춥게 웅크린 저녁이 그들을 따 마시는 동안
한 번 서로의 안주가 되어보지 못한
쁘띠와 리나가 전화선을 비집고 입장한다
신부의 여린 숨결에도 찢기고 터진 등허리들은
기역 니은으로 엎어져 아프다 하는데
작업복으로 가만히 수화기를 감싸는 사내
젖은 그림자가 바다를 건널까, 취하여 비틀대는 어둠들
을 비끄러맨다
마을 목사의 설교 소리가 전화선을 타고 스민다
모자란 잠 때문에 맥없이 감겨오는
눈꺼풀들에서도 비가 서린다

거, 요새는 전화로도 같이 잠을 잔다는데, 이참에
첫날밤도 전화로 새우지 그러나?
엷은 웃음들이 서로의 콧김에 바람을 불어넣으면
구공탄처럼 금세 뜨거워지는 두꺼비들

비비기 전 갓 엎은 공깃밥처럼 리나의 꿈도
모락모락 피어오른다

밥

정 용 주

뼈가 굳어가는 병에 걸린 그녀는
무허가 지압집 3층 계단을 오르며
자꾸만 나를 쳐다봤다

세상에서 가장 무거운 신발을 신고
한 칸씩 계단을 오르는 그녀는
어디 가서 밥 먹고 오라고
숟가락을 입에 대는 시늉을 했다

간장

하 상 만

콩자반을 다 건져 먹은 반찬통을
꺼낸다 반찬통에는 아직
간장이 남아 있다
외로울 때 간장을 먹으면 견딜 만하다

겨드랑이에 팔을 끼워 내가 일으키려 할 때
할머니는 간장을 물에 풀어오라고 하였다
나는 들어서 알고 있다 할머니가 젊었을 때
혼자 먹던 것은 간장이었다는 것을

방에서 남편과 시어머니가 한 그릇의 고봉밥을
나누어 먹고 있을 때
부엌에서 할머니는 외로웠다고 했다

물에 풀어진 간장은 뱃속을 좀 따뜻하게 했다
다시 일어설 수 있는 기운을 주었다
할머니가 내게 마지막으로 달라고 한 음식은

바로 간장

할아버지가 돌아가신 후 할머니는
혼자 오랜 시간을 보내었다
수년째 자식들은 찾아오지 않던 그 방
한구석엔 검은 얼룩을 가진 그릇이 놓여 있었다

내가 간장을 가지러 간 사이 할머니는
영혼을 놓아버렸다 물에 떨어진 간장 한 방울이
물속으로 아스라이 번져가듯
집안은 잠시 검은 빛깔로 변했다

비로소 나는 할머니의 영혼이 간장 빛이었다는 걸 깨달
았다

나는 할머니의 손자이므로 간장이 입에 맞다
혼자 식사를 해야 했으므로

간장만 남은 반찬통을 꺼내놓았다

가판대에서

박 설 희

그의 손이 사라졌다
어쩌면 그는 반달 모양의 창구 속에서
서서히 증발했는지도 모른다

내게 익숙한 것은 손뿐
버스표를 건네줄 때마다 딸려 나오던
누렇고 쭈글쭈글한 손
노여운 듯 불끈 일어서던 힘줄
두껍기만 한 창백한 손톱들
그 손은 날렵하기도,
때로는 나른해 보이기도 하였다

복권을 내밀 때
시들어가는 나뭇잎 같던 손
눅눅한 소문과 물방울 맺힌 음료수를 팔면서도
메마르고 건조한 손
멍하니 있다가

황급히 펄렁거리던 손
먼지떨이 쥐고 가끔씩 일상의 먼지를 털어내던
손, 한 평도 채 안 되는 어둠을 더듬으며
넓은 세상 찾아 나선 걸까
그의 손이 사라졌다

바람 불어 은행잎들 톡톡 떨어진다
동전 받으러 내미는 손처럼
가판대 창구 앞에 몇 잎 머무른다

물푸레나무

저 나무, 물푸레나무

안에 들어가 살림 차리면

숟가락과 냄비를 들고 부름켜로 들어가

방 한 칸 내고

엽서만 한 창문을 내고

녹차 물을 끓이면

지나가던 달빛이 창문에 흰 이마를 대고

나물처럼 조물조물 버무린 살림을 엿보겠다

나는 엎드려서 책을 읽고 있고

겨울 들판에서 옮겨온 봄까치꽃 같은 여자가 뜨개질을

하던 손을 멈추고

벽에 귀를 댄다

물푸레나무에는 물이 많아서

천장에서 똑똑 물이 떨어져

그릇이란 그릇 죄다 받쳐놓으면

실로폰 소리 나겠지

겨울 내내 물 푸다가 봄이 오겠다

여자하고 나하고 할 수 있는 일이란
고작해야 서로 좋아하는 것
나의 하초와 여자의 클리토리스가 파랗게 물이 들도록
끙 끙 끙
어떻게 어떻게 힘주다 보면
나도 모르게 봄을 낳아서
갓 낳은 알처럼 모락모락 김이 나는 세상이 찾아오겠다

그때 창문을 열면?

피리 속으로 사라지다

임 윤

　이란 소금동굴에서 발견된 천오백 년 전 사내, 일그러
진 해골 일곱 구멍엔 꼬물거리는 바람이 틀어 앉았다네
단숨에 빠져나온 공기가 음계의 시작이었다지 퇴적층이
그어놓은 오선지 위론 암염의 음표들이 반짝거렸다더군
비음 흥얼거리던 구멍마다 잃어버린 시간들로 넘쳐났겠
지 사막으로 내통한 이음매가 풀리자 비단길에도 피리
소리 흩날렸다 하네 별들은 굽이치던 선율 따라 사구 너
머로 곤두박질쳤다나? 그 소리에 놀란 쌍봉낙타 숨구멍
이 뻥 뚫렸다더군 신기루를 그려낸 바람의 손가락, 곡선
에 걸린 피리 소리는 그의 비명이었다 하네

실천시의 넓이와 깊이

최두석 시인·문학평론가

기다리던 실천시선 200호가 나오게 되었다. 기념할 만한 문학사적 사건이다. 주위를 둘러볼 때 문지시선은 이미 400호를 넘겼고 창비 시선도 300호를 넘긴 지 몇 년 되었으므로 세인의 이목을 끌 만한 기삿거리로는 다소 미흡할지 모르겠다. 하지만 잡지 『실천문학』과 함께 한국 현대시사의 전개 과정에서 주요한 흐름을 대변해온 만큼 실천시선의 역할은 나름대로 존중받아 마땅하다고 생각한다.

200호를 기념하는 시선집을 엮는, 막중하면서도 외람된 작업에 참여하면서 새삼스럽게 시 공부를 하는 학생의 마음이 되었다. 시와 세상을 향한 순정한 열정들을 다시 만나면서 '어떻게 시인의 길을 가나'에 대한 초심을 돌이켜볼 수 있었다. 제대로 시를 쓰는 일이 진정으로 세상을 사는 문제와 같다는 마음이 실천시선의 저변에 융융하게 흐르고 있다고 느꼈기 때문이다.

실천시선의 출발은 문학잡지 발간이 자유롭지 못하던 1984년에 신인작품집으로 나온 『시여 무기여』이다. 고재종·김해화 등의 등단 지면이기도 한 이 시집은 이른바 무크지와 동인지의 시대였던 당시의 상황을 대변하는 사례이다. '시여 무기여'라는 표제가 시사하듯

시를 통해 독재에 저항하던, 운동으로서의 문학을 요구하던 시대의 산물이고 그것이 실천시선의 출발이었던 것이다.

초기의 실천시선에는 시선집이 다수 기획되었다. 옥중시, 저항시, 노동시, 농민시, 교육시 등의 주제별 선집이나 반시, 목요시, 자유시, 삶의문학 등의 동인별 선집이 기획되어 간행되었다. 또한 팔레스티나 민족시집, 아프리카 민요시집, 폴란드 시집 등을 통해 제3세계에 대한 유대와 관심을 표출하기도 하였다. 민주화로 활로를 찾고자 하던 시대정신이 시와 결부되어 나타난 기획들이라 하겠다.

그런데 곧 무크지는 계간지로 바뀌고 동인지 활동을 하던 시인들도 각자 자신의 이름으로 시집을 간행하는 시기가 왔다. 그리하여 실천시선도 개인 시집을 지속적으로 간행하게 되었다. 그리고 이 200호 기념 시선집은 그동안에 간행된 개인 시집을 대상으로 하였다. 서사시집 혹은 장시집은 제외하고 여러 권의 시집을 낸 시인들의 경우 한 편씩만 수록하다 보니 모두 128편으로 시선집을 꾸리게 되었다.

실천시(넓게는 실천시선으로 간행한 시집에 수록된 시, 좁게는 시선집에 수록된 128편의 시라는 의미에서)에 대한 세간의 인식 중의 하나는 정치적 발언의 수위가 높다는 것이다. 좀더 직설적으로 말하자면 사회적 문제에 대한 관심이 높아 예술적 성취에 소홀하지 않았나 하는 의구심이 있다. 하지만 시적 실천이란 원천적으로 예술성의 실현과 분리될 수 없다. 눈 밝은 독자라면 이 시집 속에서 예술성과 현실성이 고도의 통일을 이루는 여러 사례들을 만날 수 있을 것이다.

시 속의 목소리는 시적 상황이나 시인의 성향에 따라 얼마든지 달라진다. 강하게 다지는 목소리가 요구될 때도 있고 낮게 속삭이는 어조가 호소력을 지닐 때도 있다. 유창한 다변으로 화제를 끌고 가기도 하고 여백을 많이 남기는 어눌한 어조가 요구될 때도 있다. 효과적인 어조의 형성은 시에서 예술성을 실현하는 데 기본일 것이다. 이 시집의 시편 하나하나를 읽으면서 나는 다양한 개성의 목소리를 들을 수 있었고 나중에는 그 목소리들이 모이고 변주되면서 하나의 합창 교향곡으로 환청처럼 들리기도 하였다.

목소리가 다양한 것 이상으로 실천시의 시적 상황은 참으로 다양하다. 다채로운 삶의 온갖 국면을 속 깊이 품어낸다. 실천시가 민중시를 적극적으로 끌어들인 만큼 시인들이 하는 일들이 우선 갖가지로 다양하다. 지식인적 속성의 일부터 기층 민중들의 일까지 시인들의 생활이 다양하기에 그들이 맞닥뜨린 삶의 국면 또한 다양한 것이다. 그러한 삶의 진면목이 시의 속성상 속내까지 깊이 드러난다. 이 시집의 시편들을 통해 나는 인생의 넓이와 깊이를 새삼스럽게 감동적으로 추체험할 수 있었다.

시 쓰기에서 체험을 소중하게 여긴다는 것은 아마 실천시의 특징 중의 하나로 손꼽을 수 있을 것이다. 사람살이와 동떨어진 실천은 가능하지 않기 때문이다. 이 경우 체험이란 시인의 체험뿐만이 아니라 시적 대상이 된 인물의 체험까지를 포괄한다. 실천시의 넓이와 깊이는 기본적으로 이러한 체험의 다양성과 밀도에 뿌리를 내리고 있다. 실천시선의 연륜은 28년이지만 참여한 시인들의 면모를 보면 다양한 세대를 아우르고 있다. 나로서는 선후배뿐만 아니라 스승과 제자의 시를 함께 볼 수 있었다. 따라서 실천시의 넓이와 깊이는 무한한 시공간으로 확장되는 인생의 넓이와 깊이에 대응하고 있다.

시의 독법 중에 중요한 한 가지는 시인의 처지와 마음이 되어보는 것이다. 그럴 경우 이 시집의 시편들은 독자를 삶의 온갖 국면으로 깊숙이 안내한다. 한 편 한 편 음미하면서 읽는다면 그 수고를 배반하는 시는 없을 것이다. 실천시의 외면적인 특징이자 미덕은 말의 미로 속으로 독자를 끌고 가지 않는다는 점이다. 쉽게 말해서 과장된 몸짓으로 자기도 모르는 헛소리를 하지 않는다. 따라서 어렵지 않게 시인의 처지와 마음이 될 수 있고, 그러다 보면 실천시가 대응하는 인생의 넓이와 깊이를 품을 수 있을 것이다.

근래에 유행하는 실험적 작풍의 시들이 갖는 문제의 하나는 독자의 공감을 차단한다는 점이다. 한마디로 머릿속은 복잡한 미로인데 심장은 불모지로 굳어 있는 경우가 많다. 서정성을 차단하는 것을 현대성을 추구하는 전제로 삼고 있다. 하지만 정서가 메마른 이가 인생을 풍부하게 살 수는 없다. 다행스럽게 이 시집의 시편 중에는 서정의 감도가 높은 시가 많다. 삶에 대한 깊은 깨달음을 주는 시도 많다. 정서적 울림과 순간적 깨달음은 시를 읽는 감동의 원천이고 실천시는 이러한 시의 본령에 충실하다.

다소 거친 분류이지만 긍정의 언어로 시를 쓰는 경우와 부정의 언어로 시를 쓰는 경우가 있다. 바꾸어 말하자면 세상에 대해 애정을 갖고 살 만한 곳으로 만들기 위해 애를 쓰는 자세를 취하는 시가 있는가 하면 출구가 없는 세상에 불시착한 듯한 자세를 취하는 시가 있다. 각기 나름대로 절실하게 시를 쓰는 방법일 터인데 실천시는 주로 전자의 경향을 보이고 있다. 자극성이 높은 부정의 언어에 비해 실천시의 언어는 상대적으로 질박하고 순연하다. 기본적으로 실천시의 바탕에는 인간의 선의에 대한 애정과 신뢰가 깔려 있다.

시는 시인이 쓰고 독자는 읽기만 한다는 오해가 있다. 그런데 모든 시인은 기본적으로 시의 애독자이다. 또한 시심은 누구나 간직하고 산다는 것이 성선설을 지지하는 나의 생각이다. 이 시심이 없이는 시를 읽을 수 없고 궁극적으로 시가 존립할 수도 없다. 아마도 시란 정서적 울림과 순간적 깨달음의 언어일 것이다. 정도 차이는 있겠지만 정서적 울림과 순간적 깨달음이 없이 어찌 사람답게 살 수 있겠는가. 그러니까 시인은 이러한 삶에 좀더 적극적이면서 그것을 감각적인 언어로 표현해내는 자일 것이다.

일별해봐도 알겠지만 이 시선집에는 각 시인의 대표작도 많고 이미 절창으로 한국 현대시의 고전이 된 시도 있다. 하지만 선자의 일을 하면서 각 시인들의 숨어 있는 절창을 찾아내는 기쁨 또한 컸음을 고백한다. 반면에 한 편씩만 수록한다는 제약 때문에 좋은 시를 더 수록하지 못하는 아쉬움도 컸다. 좋은 시의 경우 시인의 정신이 살아 숨 쉬고 있기에 가슴을 연 독자라면 시를 읽으면서 시인과 정신적으로 만날 수 있을 것이다. 앞으로 많은 이들이 이 시들을 통해 감성이 충전되는 기쁨을 누리기를 기대해본다.

● 수록 시인 소개 및 작품 출전

박재삼
「신록에 접을 붙여」, 『사랑이여』 (1987. 06. 실천시선 41)
1933~1997. 일본 도쿄 출생. 1955년 『현대문학』으로 등단.

신경림
「가난한 사랑노래」, 『가난한 사랑노래』 (1988. 05. 실천시선 50)
1935년 충북 충주 출생. 1956년 『문학예술』로 등단.

고은
「무릎 걷어올리고」, 『시여, 날아가라』 (1986. 09. 실천시선 34)
1933년 전북 군산 출생. 1958년 『현대시』로 등단.

민영
「가수」, 『방울새에게』 (2007. 05. 실천시선 167)
1934년 강원 철원 출생. 1959년 『현대문학』으로 등단.

문병란
「낚시질」, 『화염병 파편 뒹구는 거리에서 나는 운다』 (1989. 11. 실천시선 69)
1935년 전남 화순 출생. 1962년 『현대문학』으로 등단.

강은교
「우리가 물이 되어」, 『오늘도 너를 기다린다』 (1991. 04. 실천시선 66)
1946년 함남 홍원 출생. 1968년 『사상계』로 등단.

박정만
「대청에 누워」, 『그대에게 가는 길』 (1988. 11. 실천시선 56)
1946~1988. 전북 정읍 출생. 1968년 『서울신문』 신춘문예로 등단.

김준태
「아아 光州여! 우리나라의 十字架여!」, 『아아 광주여 영원한 청춘의 도시여』

(1988. 05. 실천시선 51)
1949년 전남 해남 출생. 1969년 『시인』으로 등단.

김지하
「무화과」, 『애린 2』 (1986. 09. 실천시선 30)
1941년 전남 목포 출생. 1969년 『시인』으로 등단.

이시영
「냇가물댁」, 『길은 멀다 친구여』 (1988. 03. 실천시선 48)
1949년 전남 구례 출생. 1969년 『중앙일보』 신춘문예, 『월간문학』으로 등단.

양성우
「靑山이 소리쳐 부르거든」, 『靑山이 소리쳐 부르거든』 (1981. 12. 실천시선 6)
1943년 전남 함평 출생. 1970년 『시인』으로 등단.

이선관
「섬」, 『우리는 오늘 그대 곁으로 간다』 (2000. 08. 실천시선 127)
1942~2005. 경남 마산 출생. 1971년 『씨알의 소리』로 등단.

김창완
「무엇이 별이 되나요」, 『우리 오늘 살았다 말하자』 (1984. 02. 실천시선 14)
1942년 전남 목포 출생. 1973년 『서울신문』 신춘문예로 등단.

문익환
「꽃소식」, 『난 뒤로 물러설 자리가 없어요』 (1984. 07. 실천시선 17)
1918~1994. 북간도 용정 출생. 1973년 시집 『새삼스런 하루』로 작품활동 시작.

안수환
「전의면」, 『검불꽃 길을 붙들고』 (1988. 11. 실천시선 54)
1942년 충남 세종시 전의면 출생. 1973년 『시문학』, 『문학과 지성』으로 등단.

이동순
「박달재를 넘으며」, 『물의 노래』 (1983. 09. 실천시선13)
1950년 경북 금릉 출생. 1973년 『동아일보』 신춘문예로 등단.

김남주

「학살 1」, 『나의 칼 나의 피』 (1988. 08. 실천시선 92)

1946~1994. 전남 해남 출생. 1974년 『창작과비평』으로 등단.

김진경

「봄을 기다리는 편지」, 『우리 시대의 예수』 (1987. 07. 실천시선 42)

1953년 충남 당진 출생. 1974년 『한국문학』으로 등단.

박운식

「골방에서」, 『모두모두 즐거워서 술도 먹고 떡도 먹고』 (1989. 10. 실천시선 68)

1946년 충북 영동 출생. 1974년 『현대시학』으로 등단.

송기원

「편지」, 『그대 언 살이 터져 시가 빛날 때』 (1983. 07. 실천시선 12)

1947년 전남 보성 출생. 1974년 『동아일보』, 『중앙일보』 신춘문예로 등단.

고정희

「야훼님 전상서」, 『눈물꽃』 (1986. 04. 실천시선 26)

1948~1991. 전남 해남 출생. 1975년 『현대시학』으로 등단.

하종오

「그곳 지명」, 『남북상징어사전』 (2011. 09. 실천시선 194)

1954년 경북 의성 출생. 1975년 『현대문학』으로 등단.

김명수

「雪夜」, 『가오리의 심해』 (2004. 12. 실천시선 150)

1945년 경북 안동 출생. 1977년 『서울신문』 신춘문예로 등단.

박몽구

「스필버그와 함께」, 『철쭉꽃 연붉은 사랑』 (1990. 04. 실천시선 73)

1956년 광주 출생. 1977년 『대화』로 등단.

김태수

「황토마당의 집」, 『황토마당의 집』 (2003. 12. 실천시선 145)

1949년 경북 성주 출생. 1978년 시집 『북소리』로 작품활동 시작.

고형렬

「십자못과 십자드라이버의 노래」, 『유리체를 통과하다』 (2012. 04. 실천시선 199)
1954년 강원 속초 출생. 1979년 『현대문학』으로 등단.

김정환

「예수의 발」, 『황색예수1』 (1983. 02. 실천시선 11)
1954년 서울 출생. 1980년 『창작과비평』으로 등단.

홍일선

「재종형님」, 『농토의 역사』 (1986. 04. 실천시선 28)
1950년 경기 화성 출생. 1980년 『창작과비평』으로 등단.

나종영

「노랑붓꽃」, 『나는 상처를 사랑했네』 (2000. 12. 실천시선 130)
1954년 광주 출생. 1981년 13인 신작시집 『우리들의 그리움은』으로 작품활동 시작.

박영근

「광장에서」, 『김미순傳』 (1993. 12. 실천시선 91)
1958~2006. 전북 부안 출생. 1981년 『반시』로 등단.

배창환

「구기자술」, 『다시 사랑하는 제자에게』 (1988. 07. 실천시선 53)
1955년 경북 성주 출생. 1981년 『세계의 문학』으로 등단.

정규화

「이 세상은」, 『농민의 아들』 (1984. 05. 실천시선 18)
1949~2007. 경남 하동 출생. 1981년 13인 신작시집 『우리들의 그리움은』으로 작품활동 시작.

김수열

「신호등 쓰러진 길 위에서」, 『신호등 쓰러진 길 위에서』 (2000. 12. 실천시선 131)
1959년 제주 출생. 1982년 『실천문학』으로 등단.

박선욱

「광주 2」, 『다시 불러보는 벗들』 (1989. 12. 실천시선 70)

1959년 전남 나주 출생. 1982년 『실천문학』으로 등단.

김경미

「비망록」, 『쓰다만 편지인들 다시 못 쓰랴』 (1989. 02. 실천시선 60)

1959년 서울 출생. 1983년 『중앙일보』 신춘문예로 등단.

김종인

「한 송이 붉은 꽃」, 『아이들은 내게 한 송이 꽃이 되라 하네』 (1990. 04. 실천시선 74)

1955년 경북 금릉 출생. 1983년 『세계의 문학』으로 등단.

윤재철

「생은 아름다울지라도」, 『생은 아름다울지라도』 (1995. 12. 실천시선 100)

1953년 충남 논산 출생. 1983년 『오월시』로 등단.

이승철

「총알택시 안에서의 명상」, 『총알택시 안에서의 명상』 (2000. 12. 실천시선 132)

1958년 전남 함평 출생. 1983년 『민의』로 등단.

이재무

「참새와 삼태미」, 『벌초』 (1992. 10. 실천시선 86)

1958년 충남 부여 출생. 1983년 『삶의문학』, 『실천문학』으로 등단.

고재종

「묵정지를 보며」, 『사람의 등불』 (1992. 12. 실천시선 87)

1959년 전남 담양 출생. 1984년 『시여 무기여』로 작품활동 시작.

김기홍

「흔들리지 말기」, 『공친 날』 (1987. 04. 실천시선 40)

1957년 전남 순천 출생. 1984년 『시여 무기여』로 작품활동 시작.

김해화

「인부수첩 5」, 『인부수첩』 (1986. 09. 실천시선 35)

1957년 전남 순천 출생. 1984년 『시여 무기여』로 작품활동 시작.

도종환

「접시꽃 당신」, 『접시꽃 당신』 (1986. 12. 실천시선 37)

1954년 충북 청주 출생. 1984년 『분단시대』로 등단.

박남준

「사랑」, 『그 아저씨네 간이 휴게실 아래』 (2010. 10. 실천시선 188)

1957 전남 법성포 출생. 1984년 『시인』으로 등단.

백무산

「삶의 거처」, 『初心』 (2003. 07. 실천시선 143)

1955년 경북 영천 출생. 1984년 『민중시』로 등단.

오성호

「독수리」, 『별이 뜨기까지 우리는』 (1988. 11. 실천시선 55)

1957년 강원 양구 출생. 1984년 『현대시학』으로 등단.

윤중호

「靑山을 부른다 1」, 『靑山을 부른다』 (1998. 02. 실천시선 117)

1956~2004. 충북 영동 출생. 1984년 『실천문학』으로 등단.

이원규

「찔레꽃」, 『강물도 목이 마르다』 (2008. 04. 실천시선 176)

1962년 경북 문경 출생. 1984년 『월간문학』으로 등단.

이은봉

「투망」, 『좋은세상』 (1986. 04. 실천시선 27)

1954년 충남 공주 출생. 1984년 『마침내 시인이여』로 작품활동 시작.

정영상

「아이들 다 돌아간 후」, 『행복은 성적순이 아니다』 (1989. 05. 실천시선 65)

1956~1993. 경북 영일 출생. 1984년 『삶의 문학』으로 등단.

조향미
「촛불」, 『그 나무가 나에게 팔을 벌렸다』 (2006. 07. 실천시선 162)
1961년 경남 거창 출생. 1984년 『전망』으로 작품활동 시작.

호인수
「개 울음소리」, 『백령도』 (1991. 08. 실천시선 83)
1947년 충북 괴산 출생. 1984년 『실천문학』으로 등단.

서홍관
「옴마 편지 보고 만이 우서라」, 『지금은 깊은 밤인가』 (1992. 11. 실천시선 85)
1958년 전북 완주 출생. 1985년 창비 『16인 신작시집』으로 작품활동 시작.

오봉옥
「꽃」, 『나 같은 것도 사랑을 한다』 (1997. 09. 실천시선 116)
1961년 광주 출생. 1985년 창비 『16인 신작시집』으로 작품활동 시작.

장용철
『아리조나로 부치는 노래』, 『늙은 山』 (1996. 10. 실천시선 110)
1958년 강원 춘천 출생. 1985년 『조선일보』 신춘문예로 등단.

조재도
「왕비 어금니」, 『백제시편』 (2004. 05. 실천시선 148)
1957년 충남 부여 출생. 1985년 『민중교육』으로 등단.

공광규
「어머니께 2」, 『대학일기』 (1988. 01. 실천시선 44)
1960년 충남 청양 출생. 1986년 『동서문학』으로 등단.

구광렬
「바오밥」, 『불맛』 (2009. 12. 실천시선 183)
1956년 대구 출생. 1986년 멕시코 문예지 『El Punto』, 『La Tinta Seca』, 『현대문학』 등으로 작품활동 시작.

김영환
「뺏찌 차고 버스에 올라」, 『지난날의 꿈이 나를 밀어간다』 (1994. 12. 실천시선 99)
1955년 충북 괴산 출생. 1986년 『시인』, 『문학의 시대』로 등단.

박종권
「早春」, 『찬물 한사발로 깨어나』 (1995. 12. 실천시선 101)
1954~1995. 전남 고흥 출생. 1986년 『민중시』로 등단.

이흔복
「저 멀리 저 멀리서 1」, 『서울에서 다시 사랑을』 (1998. 11. 실천시선 120)
1963년 경기 용인 출생. 1986년 『민의』로 등단.

최종천
「고양이의 마술」, 『고양이의 마술』 (2011. 03. 실천시선 190)
1954년 전남 장성 출생. 1986년 『세계의 문학』으로 등단.

김만수
「오십천의 달」, 『소리내기』 (1990. 10. 실천시선 78)
1955년 경북 포항 출생. 1987년 『실천문학』으로 등단.

박철
「그네」, 『밤거리의 갑과 을』 (1993. 06. 실천시선 89)
1960년 서울 출생. 『창비 1987』로 등단.

신용길
「식민지 국어시간」, 『홀로된 사랑』 (1991. 06. 실천시선 80)
1957~1991. 서울 출생. 1987년 『현대문학』으로 등단.

임동확
「저녁의 노래」, 『나는 오래전에도 여기 있었다』 (2005. 11. 실천시선 158)
1959년 광주 출생. 1987년 시집 『매장시편』으로 작품활동 시작.

최성수
「저목장(貯木場)에서」, 『장다리꽃 같은 우리 아이들』 (1990. 10. 실천시선 77)

1958년 강원 횡성 출생. 1987년 『민중시』로 등단.

최정규

「마동 배꾼」, 『통영바다』 (1997. 05. 실천시선 113)
1951년 경남 통영 출생. 1987년 『월간조선』, 『월간경향』으로 작품활동 시작.

허수경

「폐병쟁이 내 사내」, 『슬픔만 한 거름이 어디 있으랴』 (1988. 11. 실천시선 57)
1964년 경남 진주 출생. 1987년 『실천문학』으로 등단.

김신용

「저 등꽃」, 『몽유 속을 걷다』 (1998. 02. 실천시선 118)
1945년 부산 출생. 1988년 『현대시사상』으로 등단.

안상학

「쑥국새 소리」, 『안동소주』 (1999. 11. 실천시선 125)
1962년 경북 안동 출생. 1988년 『중앙일보』 신춘문예로 등단.

이강산

「사람들의 안부를 묻는다」, 『세상의 아름다운 풍경』 (1996. 05. 실천시선 105)
1959년 충남 금산 출생. 1988년 『삶의 문학』, 『실천문학』으로 등단.

이재금

「혼불」, 『나는 어디 있는가』 (1999. 05. 실천시선 122)
1941~1997. 경남 밀양 출생. 1988년 시집 『부끄러움을 팝니다』로 작품활동 시작.

민병일

「비단길」, 『여수로 가는 막차』 (1995. 12. 실천시선 103)
1959년 서울 출생. 1989년 『문학예술운동』으로 등단.

신정숙

「내 그리스인 친구 얀」, 『즐거운 하드록』 (1997. 05. 실천시선 114)
전남 목포 출생. 1989년 『현대시학』으로 등단.

양문규

「영국사에는 梵鐘이 없다」, 『영국사에는 범종이 없다』 (2002. 06. 실천시선 138)
1960년 충북 영동 출생. 1989년 『한국문학』으로 등단.

정세기

「가랑잎초등학교」, 『겨울산은 푸른 상처를 지니고 산다』 (2002. 06. 실천시선 136)
1961~2006. 전남 광양 출생. 1989년 『민중시』로 등단.

정우영

「살구꽃 그림자」, 『살구꽃 그림자』 (2010. 03. 실천시선 184)
1960년 전북 임실 출생. 1989년 『민중시』로 등단.

이양희

「치자꽃 1」, 『사과향기가 만드는 길』 (1996. 10. 실천시선 111)
1958년 대구 출생. 1990년 『현대문학』으로 등단.

임길택

「아버지 자랑」, 『탄광마을 아이들』 (1990. 04. 실천시선 75)
1952~1997. 전남 무안 출생. 1990년 시집 『탄광마을 아이들』로 작품활동 시작.

정종목

「작은 주먹」, 『어머니의 달』 (1991. 08. 실천시선 84)
1961년 충남 공주 출생. 1990년 『실천문학』으로 등단.

조성국

「눈빛, 내 마음의 경전」, 『슬그머니』 (2007. 03. 실천시선 166)
1963년 광주 출생. 1990년 『창작과비평』으로 등단.

조용미

「벽오동나무 꽃그늘 아래」, 『불안은 영혼을 잠식한다』 (1996. 06. 실천시선 106)
1962년 경북 고령 출생. 1990년 『한길문학』으로 등단.

맹문재

「뿌리」, 『물고기에게 배우다』 (2002. 06. 실천시선 137)

1963년 충북 단양 출생. 1991년 『문학정신』으로 등단.

백창일

「난시청 마을」, 『나는 부리 세운 딱따구리였다』 (1998. 03. 실천시선 119)
1961~2006. 전남 흑산도 출생. 1991년 『한국문학』으로 등단.

정윤천

「시래기국밥」, 『생각만 들어도 따숩던 마을의 이름』 (1993. 12. 실천시선 94)
1960년 전남 화순 출생. 1991년 『실천문학』으로 등단.

박두규

「당몰샘」, 『당몰샘』 (2001. 07. 실천시선 134)
1956년 전북 임실 출생. 1992년 『창작과비평』으로 등단.

서정홍

「세월은」, 『아내에게 미안하다』 (1999. 01. 실천시선 121)
1958 경남 마산 출생. 1992년 전태일문학상을 수상하며 작품활동 시작.

김진완

「뼈마디가 실한 이유」, 『모른다』 (2011. 11. 실천시선 196)
1967년 경남 진주 출생. 1993년 『창작과비평』으로 등단.

송종찬

「직소폭포」, 『그리운 막차』 (1999. 11. 실천시선 126)
1966년 전남 고흥 출생. 1993년 『시문학』으로 등단.

황규관

「인간의 길」, 『태풍을 기다리는 시간』 (2011. 12. 실천시선 197)
1968년 전북 전주 출생. 1993년 전태일문학상을 수상하며 작품활동 시작.

고증식

「임종」, 『단절』 (2005. 06. 실천시선 154)
1959년 강원 횡성 출생. 1994년 『한민족문학』으로 등단.

안용산

「전설」, 『메나리아리랑』 (1995. 12 실천시선 102)

1956년 충남 금산 출생. 1994년 『실천문학』으로 등단.

정기복

「황폐한 기억에 대한 단상」, 『어떤 청혼』 (1999. 07. 실천시선 123)

1965년 충북 단양 출생. 1994년 『실천문학』으로 등단.

조기조

「기름美人」, 『기름美人』 (2005. 02. 실천시선 152)

1963년 충남 서천 출생. 1994년 『실천문학』으로 등단.

박해석

「변사체로 발견되다」, 『하늘은 저쪽』 (2005. 05. 실천시선 153)

1950년 전북 전주 출생. 1995년 국민일보문학상을 수상하며 작품활동 시작.

이용한

「흘러온 사내」, 『안녕, 후두둑 씨』 (2006. 05. 실천시선 161)

1968년 충북 제천 출생. 1995년 『실천문학』으로 등단.

류외향

「도고 도고역」, 『푸른 손들의 꽃밭』 (2007. 10. 실천시선 172)

1973년 경남 합천 출생. 1996년 『매일신문』 신춘문예로 등단.

유종인

「기침 소리」, 『수수밭 전별기』 (2007. 06. 실천시선 169)

1968년 인천 출생. 1996년 『문예중앙』으로 등단.

오도엽

「무너진 가슴」, 『그리고 여섯 해 지나 만나다』 (1999. 07. 실천시선 124)

1967년 전남 화순 출생. 1997년 전태일문학상을 수상하며 작품활동 시작.

김충규

「멀고 아득한 곳의 늪으로 헤엄쳐 간 물고기 떼」, 『물 위에 찍힌 발자국』 (2006.

04. 실천시선 160)
1965~2012. 경남 진주 출생. 1998년『문학동네』로 등단.

김해자
「사람 숲에서 길을 잃다」,『無花果는 없다』(2001. 07. 실천시선 135)
1961년 전남 목포 출생. 1998년『내일을 여는 작가』로 등단.

손택수
「나의 아름다운 세탁소」,『나무의 수사학』(2010. 06. 실천시선 185)
1970년 전남 담양 출생. 1998년『한국일보』신춘문예로 등단.

유홍준
「펌프」,『喪家에 모인 구두들』(2004. 04. 실천시선 146)
1962년 경남 산청 출생. 1998년『시와반시』로 등단.

윤임수
「상처의 집」,『상처의 집』(2005. 09. 실천시선 157)
1966년 충남 부여 출생. 1998년『실천문학』으로 등단.

이덕규
「밥그릇 경전」,『밥그릇 경전』(2009. 02. 실천시선 180)
1961년 경기 화성 출샐. 1998년『현대시학』으로 등단.

이세기
「먹염바다」,『먹염바다』(2005. 06. 실천시선 155)
1963년 인천 출생. 1998년『실천문학』으로 등단.

이종수
「자작나무 눈처럼」,『자작나무 눈처럼』(2002. 09. 실천시선 140)
1966년 전남 벌교 출생. 1998년『조선일보』신춘문예로 등단.

배영옥
「링이 있는 풍경」,『뭇별이 총총』(2011. 01. 실천시선 189)
1966년 대구 출생. 1999년『매일신문』신춘문예로 등단.

우대식

「택리지」,『단검』(2008. 01. 실천시선 174)
1965년 강원 원주 출생. 1999년『현대시학』으로 등단.

이안

「유년의 마당」,『목마른 우물의 날들』(2002. 09. 실천시선 139)
1967년 충북 제천 출생. 1999년『실천문학』으로 등단.

정영주

「회색고래의 눈물」,『말향고래』(2007. 07. 실천시선 170)
1952년 서울 출생. 1999년『서울신문』신춘문예로 등단.

이창수

「고모」,『귓속에서 운다』(2011. 06. 실천시선 192)
1970년 전남 보성 출생. 2000년『시안』으로 등단.

조정

「옹관에 누워」,『이발소 그림처럼』(2007. 01. 실천시선 165)
1956년 전남 영암 출생. 2000년『한국일보』신춘문예로 등단.

길상호

「蓮의 귀」,『눈의 심장을 받았네』(2010. 09. 실천시선 187)
1973년 충남 논산 출생. 2001년『한국일보』신춘문예로 등단.

전성호

「재봉공」,『저녁 풍경이 말을 건네신다』(2011. 03. 실천시선 191)
1951년 경남 양산 출생. 2001년『시평』으로 등단.

고영민

「똥구멍으로 시를 읽다」,『악어』(2005. 08. 실천시선 156)
1968년 충남 서산 출생. 2002년『문학사상』으로 등단.

김사이

「바람의 딸」,『반성하다 그만둔 날』(2008. 09. 실천시선 178)

1971년 전남 해남 출생. 2002년 『시평』으로 등단.

조영관
「1998년 겨울, 영종도」, 『먼지가 부르는 차돌멩이의 노래』 (2008. 02. 실천시선 175)
1957~2007. 전남 함평 출생. 2002년 『실천문학』으로 등단.

김일영
「삐비꽃이 아주 피기 전에」, 『삐비꽃이 아주 피기 전에』 (2009. 05. 실천시선 181)
1970년 전남 완도 출생. 2003년 『한국일보』 신춘문예로 등단.

박후기
「종이는 나무의 유전자를 갖고 있다」, 『종이는 나무의 유전자를 갖고 있다』
(2006. 03. 실천시선 159)
1968년 경기 평택 출생. 2003년 『작가세계』로 등단.

조영석
「초식(草食)」, 『선명한 유령』 (2006. 12. 실천시선 164)
1976년 서울 출생. 2004년 『문학동네』로 등단.

이하
「전화 결혼식」, 『내 속에 숨어 사는 것들』 (2012. 01. 실천시선 198)
1979년 서울 출생. 2005년 『실천문학』으로 등단.

정용주
「밥」, 『인디언의 女子』 (2007. 08. 실천시선 171)
1962년 경기 여주 출생. 2005년 『내일을 여는 작가』로 등단.

하상만
「간장」, 『간장』 (2011. 06. 실천시선 193)
1974년 경남 마산 출생. 2005년 『문학사상』으로 등단.

박설희
「가판대에서」, 『쪽문으로 드나드는 구름』 (2008. 06. 실천시선 177)
1964년 강원도 속초 출생. 2003년 『실천문학』으로 등단.

박형권

「물푸레나무」, 『우두커니』 (2009. 09. 실천시선 182)

1961년 부산 출생. 2006년 『현대시학』으로 등단.

임윤

「피리 속으로 사라지다」, 『레닌 공원이 어둠을 껴입으면』 (2011. 09. 실천시선 195)

1960년 경북 의성 출생. 2007년 『시평』으로 등단.

실천시선 200

나는 상처를 사랑했네

2012년 7월 30일 1판 1쇄 펴냄
2012년 9월 11일 1판 3쇄 펴냄

엮은이   최두석 · 박수연
펴낸이   손택수
주간   이명원
편집   이상현, 이호석, 임아진
디자인   풍영옥
관리 · 영업 김태일, 이용회, 김가영

펴낸곳   (주)실천문학
등록   10-1221호.(1995.10.26.)
주소   우121-839, 서울시 마포구 서교동 478-3 동궁빌딩 501호
전화   322-2161~5
팩스   322-2166
홈페이지   www.silcheon.com

ⓒ 실천문학사, 2012

ISBN 978-89-392-2200-7 03810

이 도서의 국립중앙도서관 출판시도서목록(CIP)은
e-CIP홈페이지(http://www.nl.go.kr/ecip)와
국가자료공동목록시스템(http://www.nl.go.kr/
kolisnet)에서 이용하실 수 있습니다.
(CIP제어번호:CIP2012003315)